KB134354

"이츠키는……
내 시중 담당이니까."

바로 앞에서 나를 똑바로 바라본다.

"무슨 일이어요?!"

큰 소리가 나고,
텐노지 양이 남탕 문을 열었다.
목욕 중이어서 그런지
지금의 텐노지 양은 평소와 다르게
머리를 내렸는데,
그것이 묘하게 어른스러워 보이는 나머지
무심코 눈길을 빼앗길 뻔했다.

아가씨 돌보기

~영애들이 다니는 명문 학교에서 제일가는 아가씨(생활력 없음)를 남몰래 돕는 시중 담당이 되었습니다~

2

사카이시 유사쿠

일러스트 미와베 사쿠라

c o n t e n t s
◆ ◆ ◆

코노하나 가문의 사교계가 끝나고 이틀 뒤.

월요일 아침. 잠에서 깬 나는 여기가 코노하나 가문의 저택임을 떠올렸다.

"……그렇구나. 나는 아직, 시중 담당이야."

꿈을 꾸었다. 그 내용은 지난주에 있었던 일…… 히나코를 구하려고 이 저택에 혼자 침입했던 때의 기억이다.

지금 생각해 보면 나도 참 대담한 행동을 했다. 그만큼 그때의 나는 카겐 씨의 방식이 잘못되었다고 생각하고, 히나코를 구하고 싶었던 거겠지.

"좋아. 오늘도 힘내 보실까."

교복으로 갈아입고, 사용인 미팅에 출석한다.

그리고 나는 언제나 그렇듯 히나코의 방으로 갔다.

"잠에 푹 빠졌네."

"우웅, 음냐……."

이불을 걷어차서 배꼽을 드러낸 채로 자는 히나코가 작게 숨을 내쉬었다.

이토록 행복하게 잠든 얼굴을 보면 내가 지금 푸근한 일상에 있음을 실감한다.

그렇다고 느긋하게 있을 수도 없다.

잠든 히나코의 몸을 흔든다.

"히나코, 아침이야."

"우웅················ 이츠, 키?"

"그래."

방 커튼을 걷고 햇빛이 들게 했다.

상반신을 일으킨 히나코가 졸린 듯이 눈을 비빈다.

"······안녕."

"잘 잤어?"

인사를 주고받으면서 히나코를 돌아본다.

햇빛이 들어와 밝아진 방에서, 히나코는 하품을 크게 하고 한숨을 쉬었다.

"학교······ 가기 싫어."

"투정 부리지 마."

연기하는 것은 힘들지도 모르지만, 학교에 다니는 것은 절대로 손해가 아니다.

언젠가 히나코가 스스로 학교에 다니고 싶어지길 바란다. 그리고 그것은 시중 담당인 내 사명이겠지.

시중 담당에서 해고당할 뻔했던 일을 잊어서는 안 된다.

나도 정신을 바짝 차려야지.

그런 생각을 하면서, 문득 나는 히나코의 입가에 주목했다.

"히나코, 조금 고개를 들어 봐."

(생활력 없음)

"우응……?"

아리송한 눈치로 고개를 든 히나코에게, 나는 주머니에서 꺼낸 것을 가까이 댔다.

"그게 뭐야?"

"손수건. 침을 흘렸으니까, 닦으려고."

"침…………."

정신이 몽롱한지, 히나코는 내 말을 되풀이했다.

다음 순간, 히나코는 갑자기 다급한 기색으로 고개를 숙였다.

"왜 그래? 갑자기 고개를 다 숙이고."

"내, 내가 닦을 거니까………… 여기, 보지 마."

히나코가 내민 손바닥 위에 손수건을 두자, 금방 입 주위를 쓱 싹쓱싹 닦았다.

내가 히나코의 침을 닦는 것은 서로 익숙해졌을 텐데…… 오늘은 왜 이러는 걸까?

"갈아입을 옷을 가져왔어."

"……응."

히나코가 작게 고개를 끄덕인다.

히나코를 깨우고 옷을 갈아입게 도와야 한다. 처음에는 자극이 심해서 머리가 아찔했지만, 요새는 이성을 지킬 수 있게 되어서 거북한 느낌은 싹 사라졌다.

"……나가."

"어?"

"빨리, 나가."

갈아입을 옷을 두 손에 들고서, 히나코가 말했다.

나는 그 말이 믿기지 않을 만큼 충격을 받았다.

"……………………어?"

히나코는 얼굴을 붉히면서 나를 방 밖으로 밀어냈다.

등 뒤에서 문이 탁 닫히는 소리가 난다.

"으음……."

아무래도 이건 기분 탓이 아닌 것 같다.

지난번 사교계 이후로 히나코의 분위기가 이상하다.

엄밀하게 말하자면, 나를 대하는 태도가 이전과 다르다. 예전에는 좀 더, 순순하게 응석을 부렸는데…… 무슨 심경의 변화가 있었던 걸까.

"조금 시간이 지나면 원래대로 돌아올까……?"

문 옆에서 기다리기를 10분. 히나코가 방에서 나왔다.

아니나 다를까, 옷을 잘 갈아입지 못해서 결국에는 내가 돕게 되었다. 셔츠의 단추를 잘못 채웠다거나, 스커트의 지퍼에 천이 끼었다. 평소와 다른 점이라면, 내가 옷매무새를 고치고 있는 동안에 히나코가 부끄러워하는 눈치로 계속 눈을 돌리고 있었다는 사실이다.

히나코를 식당으로 안내한 뒤, 나는 내 방으로 교과서를 넣은 가방을 챙기러 간다.

그 도중에 시즈네 씨와 마주쳤다.

"이츠키 씨. 아가씨와 무슨 일이 있었나요?"

"아뇨. 딱히 없었던 것 같은데요……."

굳이 말하자면 히나코의 분위기가 달라졌지만, 무슨 일이 있었던 것은 아니다.

"아가씨께서, 내일부터는 이츠키 씨가 깨우지 않았으면 한다고 말씀하셨습니다."

"네?"

"다시 묻겠습니다. 무슨 일이 있었나요?"

시즈네 씨가 범죄자를 보는 눈으로 째려봤다.

그 오해만큼은 풀고 싶었기에, 나는 사교계 이후로 달라진 히나코의 분위기를 설명했다. 시즈네 씨에게 이야기하면 뭔가 힌트를 얻을지도 모른다.

"아가씨의 분위기가 이상하다는 건가요……."

"저기, 저는 히나코에게 미움받을 짓을 한 걸까요?"

"아닙니다. 오히려 지난번 일로 아가씨께서 이츠키 씨를 매우 아낀다고 알았는데……."

그런 말을 들으면 기쁘면서도 왠지 쑥스럽다.

"몸이 불편하신 건 아닌 듯하지만, 저도 조금은 상태를 지켜보겠습니다. 뭔가 알게 되면 보고해 주세요."

"네."

시즈네 씨와 헤어지고 히나코가 있는 식당으로 간다.

슬슬 키오우 학원으로 출발해야 한다.

1장 텐노지 미레이의 제안

"다녀오겠습니다."

차에서 내리고, 나는 시즈네 씨와 운전사에게 머리를 숙였다.

히나코는 10미터 정도 앞에서 걷고 있다. 나는 그 거리를 유지하면서 키오우 학원으로 이동했다.

"코노하나 양, 안녕하세요."

"아, 토모나리 씨. 좋은 아침이에요."

신발장 앞에서 히나코와 합류하고 인사를 주고받았다.

사실은 오늘 아침에 히나코의 방에서 인사했지만…… 대외적으로는 이것이 오늘 첫 번째 인사다.

완벽한 숙녀를 연기하는 히나코는 친근감이 들면서도 고귀한 분위기를 물씬 풍기고 있어서, 남자라면 누구나 동요할 정도의 매력을 드러내고 있다.

그러나 나는 그것이 본래 성격이 아님을 알아서 그런지, 평소의—— 진짜 히나코가 더 좋았다.

"……매번, 귀찮아."

"뭐가?"

히나코가 나지막하게 속마음을 털어놓아서, 나는 주위의 이

목을 주의하면서 목소리를 낮춰 되물었다.

"아침에 같이 출발하는데…… 일부러 헤어진 다음에 다시 합류하는걸."

"어쩔 수 없잖아. 같은 데서 생활하는 걸 다른 사람한테 들키면 위험하니까."

답답하기는 하지만, 이것도 나아진 편이다.

티파티나 공부 모임을 거쳐서 나와 히나코가 친구라는 사실은 이미 전교에 널리 알려진 것 같다. 그래서 제일 처음과 비교해서 히나코와 너무 거리를 둘 필요는 없어졌다. 교실에서는 평범하게 대화할 수 있고, 방과 후에 함께 지내는 모습을 목격당해도 어지간하면 얼버무릴 수 있겠지.

"하지만…… 가끔은, 같이 등교하고 싶어."

"오는 길에는 같은 차를 타잖아? 마지막에 헤어질 뿐이고."

"그게 아니라……."

히나코가 시선을 낮추면서 말한다.

"둘이서…… 함께, 바깥을 걷고 싶어."

그런 뜻인가.

그렇기도 하겠다고 생각하는 한편, 아쉽게도 쉽게 실현하진 못할 것 같다. 다음에 시즈네 씨와 상의해 볼까.

"아! 다들 왔구나!"

신발장에서 실내화로 갈아신고 히나코와 함께 교실로 이동하고 있을 때, 같은 반의 아사히 양과 마주쳤다.

"안녕하세요."

(생활력 없음)

"응, 안녕! 있잖아. 지금 교직원실 앞에 중간시험 결과가 붙었대. 같이 보러 갈래?"

아사히 양이 나와 히나코의 얼굴을 보면서 말했다.

키오우 학원에서는 정기 시험을 치를 때마다 그 석차를 발표한다. 다만 공표하는 것은 상위 50명뿐으로, 아마도 나는 포함되지 않겠지.

히나코와 눈을 마주친 다음, 우리는 거의 동시에 고개를 끄덕였다.

"그러죠."

"저도 같이 갈게요."

수업이 시작될 때까지 아직 시간이 있다.

교실에 있어도 한가하기만 하고, 게다가 솔직히 말해서 나는 석차 발표에 흥미가 있었다. 예전에 다니던 고등학교에서는 그런 이벤트가 없었으니까……

셋이서 교직원실이 있는 곳으로 이동한다.

중간에 낯익은 남학생을 발견했다.

"아, 타이쇼 군."

"오오. 너희도 왔어?"

타이쇼가 우리를 알아차리고 슬쩍 웃는다.

"타이쇼 군은 어차피 이름이 없을 거잖아."

"시끄러워. 이름이 없어도 보고 싶은 거라고."

그렇게 말하고 타이쇼는 게시판에 붙은 석차표를 봤다.

우리도 그 시선을 따라가듯이 게시판으로 눈길을 돌린다.

가장 먼저 눈에 들어오는 순위인 1등에는 우리가 잘 아는 이름이 있었다.

"이번에도 코노하나 양이 1등인가. 굉장하네!"

"후후, 고마워요."

좋은 집안 아가씨답게 우아하게 웃는 히나코. 그 미모가 주위에 있는 학생들의 시선을 모았다.

본래 성격을 아는 나는 가끔 잊을 뻔하지만, 히나코는 문무겸비의 재녀다.

정말이지…… 능력만은 우수하네.

능력만큼은.

"아야!"

갑자기 히나코가 내 발을 밟았다.

"……뭔가, 실례되는 생각을 했어."

어떻게 알았어?

나는 볼을 부풀리는 히나코에게서 시선을 돌린다.

예전과 비교해서, 히나코는 감정 표현이 풍부해진 것 같다.

그것도 연기가 아닌 진짜로. 이건 좋은 경향일 것이다. 무슨 계기로 변화한 건지는 모르겠지만.

히나코의 변화도, 전부 나쁜 것은 아닐지도 모른다.

그렇게 생각하면서 문득 시선을 옆으로 돌리자 학생들 사이에서 한층 눈에 띄는 금발 롤 헤어 소녀가 보였다.

소녀는 턱에 손가락을 대고 뭔가 복잡한 표정을 짓고 있었다.

그 분위기가 궁금해진 나는 말을 걸었다.

"텐노지 양?"

"어머, 토모나리 씨도 왔군요."

텐노지 미레이.

코노하나 그룹에 필적하는 재벌인 텐노지 그룹의 영애다.

나는 그 텐노지 양이 조금 전까지 보고 있던 게시판을 힐끗 보고 입을 연다.

"2등, 축하해요."

"1등에 저 얄미운 이름이 있는 이상, 기뻐할 수는 없어요."

솔직하게 칭찬한 건데, 텐노지 양은 분통한 표정을 지었다.

생각해 보면 텐노지 양은 처음 봤을 때부터 히나코에게 경쟁심을 불태웠다. 자신의 이름 위에 히나코의 이름이 있는 시점에서 만족하지 않는 거겠지.

"하지만 이번에는 유의미한 결과였어요."

유의미한 결과?

고개를 갸우뚱하는 내게, 텐노지 양이 설명했다.

"지난번과 비교해서 코노하나 양과의 차이가 줄어들었어요. 코노하나 양의 점수가 떨어진 게 아니에요. 즉, 이건 틀림없는 저 자신의 성장……! 후후후, 이제야 승산이 보이기 시작했어요……!"

텐노지 양은 이글거리는 눈빛으로 중얼거렸다.

"그나저나, 당신은 몇 등이어요?"

너무나도 당연히 물어보니까 대답이 조금 늦어진다.

"저는 없어요. 아마도 평균이거나, 그보다 아래겠죠."

"네?"

조금 노기를 띠면서, 텐노지 양이 물어본다.

"지금 뭐라고 하셨어요?"

"저기, 그게, 평균이거나 그 아래가 아닐까 싶은데요……."

"저한테 직접 배웠는데…… 평균 이하라고요?"

텐노지 양의 이마에 핏줄이 드러난다.

"테, 텐노지 양에게 배운 과목은 느낌이 좋았는데요……."

"그 입 다물어요!"

단호하게 지적한다.

"당신은 여전히 의식이 부족해요! 아무리 성실하여도, 목표가 낮으면 성장할 수 없어요!"

"으."

그 말은 내 가슴에 푹 박혔다.

나 자신은 분수를 알고 조금씩 성장하려고 했지만, 그것은 비굴한 생각일지도 모른다.

"자세가 구부정해요."

"네, 네!"

지적을 받고, 어느새 구부러진 등을 딱 편다.

"참…… 전부터 생각했지만, 당신은 감정이 태도에 잘 드러나는 사람이에요."

"그, 그런가요……."

나는 전혀 몰랐다.

"하지만 반대로 말하자면, 확고한 자신감만 생기면 당신도 더

(생활력 없음)

~영애들이 다니는 명문 학교에서 제일가는 **아가씨**를 남몰래 돕는 시중 담당이 되었습니다~ 2

욱 당당한 태도를 보일 수 있을 것이어요."

그렇게 말한 텐노지 양은 생각에 잠긴 자세를 보였다.

다음에는 무슨 말을 할지 조심스럽게 기다리고 있을 때…….

"제안하겠어요. 앞으로 한동안, 저와 방과 후를 함께 보내지 않겠어요?"

텐노지 양은 내 예상을 한참 뛰어넘는 말을 꺼냈다.

1교시가 끝나고, 쉬는 시간.

나는 다시 텐노지 양과 이야기했다.

"방과 후를 함께 보내자니, 무슨 뜻이죠?"

"제가 당신에게 공부를 가르치겠어요."

텐노지 양은 이어서 의도를 설명한다.

"예전에 저는 당신이 기획한 공부 모임에 참석했는데…… 사실, 다른 사람에게 공부를 가르친 것은 처음이었답니다."

"그랬군요."

"그래요. 그래서 그때 처음 깨달은 건데…… 아무래도 다른 사람에게 가르치는 행위는 저 자신에게도 보탬이 되는 것 같아요."

그렇다면…… 뭐가 어쨌다는 걸까?

고개를 갸우뚱하는 내게, 텐노지 양이 말한다.

"요컨대 다른 사람에게 공부를 가르침으로써, 저 자신의 학력도 향상한다는 뜻이어요. 그 결과가 지난번 시험 결과이어요. 저는 코노하나 양을 상대로 차이를 좁힐 수 있었답니다."

아하.

무슨 말인지 감이 잡힌다.

"즉, 텐노지 양은 그 공부 모임 같은 것을 앞으로도 계속해 보고 싶다는 거군요?"

"그런 뜻이어요."

무슨 말인지 이해한 나는 고개를 끄덕인다.

"하지만 왜 저를 협력자로 지목한 거죠?"

"제 주변에 있는 사람 중에서 당신의 성적이 가장 나쁘기 때문이어요."

"끅……."

분하지만 반박할 수 없다.

"그래도 이것만으로는 당신에게 불편만 끼칠 거니까요. 뭔가 도와줄 일이 있다면 좋을 텐데요……."

"저는 공부만 배울 수 있다면 괜찮습니다."

"아니어요. 당신에게 공부를 가르치는 것은 제 사정이니까, 저도 뭔가 대가를 치르지 않으면 공평하지 않아요."

성실한 사람이다.

내 마음보다, 텐노지 양 자신이 납득할 수 없는 거겠지.

"당신, 공부 말고 어렵게 느끼는 것은 없으셔요?"

"어려운 것 말인가요……."

시중 담당이 된 뒤로 저지른 실수를 떠올린다.

공부도, 운동도, 저택에서 하는 일도, 호신술도, 완벽함과는 거리가 멀다. 그래도 그중에서 가장 어려운 것은…….

(생활력 없음)

"매너……일까요."

그렇게 대답하자 텐노지 양은 만족스럽게 미소를 지었다.

"그렇다면 제가 직접 매너를 가르쳐 주겠어요! 텐노지 가문은 예의범절을 중시하는 집안. 매너 분야는 전문이어요!"

'나만 믿어요!' 라는 듯이 가슴에 손을 대고, 텐노지 양이 기운차게 말했다.

솔직히 그러면 정말 고맙다. 정말 고맙지만, 방과 후 시간을 보내는 것만큼은 나 혼자의 판단으로 결정할 수 없다.

"제안은 매우 감사하지만…… 잠시 생각할 시간을 주세요."

그렇게 말하자 텐노지 양이 의아한 표정을 지었다.

"왜요? 당신도 반기는 눈치였잖아요."

"저기, 집안 사정으로 멋대로 일정을 짤 수가 없거든요."

"그렇군요. 복잡한 집안 같군요."

복잡하다면, 정말로 복잡할지도 모른다. 그야 천하의 코노하나 그룹이니까.

요새는 익숙해졌지만, 가끔 움츠러들 때가 있다.

하루하루의 고생을 떠올리고 슬쩍 한숨을 쉬자…… 텐노지 양이 말없이 흘겨보는 것을 깨달았다.

"토모나리 씨는, 집에 있을 때도 지금과 같이 행동하셔요?"

"지금과 같은 행동이요……?"

"자신감이 조금도 없이, 왠지 쭈뼛쭈뼛한 태도를 말하는 것이어요."

여전히 지적이 엄격하다.

그러나 지금의 내가 쭈뼛쭈뼛하다면, 저택에 있을 때도 마찬가지겠지.

"아마도…… 집에서도 이런 느낌일 거예요."

그렇게 대답하자 텐노지 양이 탄식했다.

"제가 당신에게 제안한 것은, 성적 말고도 이유가 있어요. 당신이 학교에서 보이는 행동거지 때문이어요."

텐노지 양은 내 눈을 똑바로 보면서 말한다.

"요점만 말하겠어요. 당신은 주위에서 열등감을 느끼죠?"

한순간 심장이 꽉 잡힌 줄 알았다.

그것은 감추고 있던 진실이 간파당한 충격이 아니라…… 나 자신도 미처 몰랐던 심리를 간파당했기 때문이었다.

나는 키오우 학원에서 유일한 서민이다. 주위 학생들과 비교하면 두뇌도, 집안도, 전부 격이 떨어진다.

평소에 별로 심각하게 생각할 일도 아니지만, 간혹가다가 그 사실이 뇌리를 스친다. 나는 원래 키오우 학원 입학이 허락될 신분이 아니고, 코노하나 가문의 힘으로 학생으로 있는 것에 불과하다. 열등감이 없을 수가 없다.

──나는 콤플렉스가 있는 걸지도 모른다.

뒤늦게 그렇게 생각한다.

입을 다문 내 마음을 꿰뚫어 봤는지, 텐노지 양이 계속해서 말했다.

"이 학교에서 그런 콤플렉스를 느끼는 분은 드물지 않답니다. 그러나 다행히 당신에게는 향상심이 있어요. 제가 지도하면 그

(생활력 없음)

~영애들이 다니는 명문 학교에서 제일가는 **아가씨**를 남몰래 돕는 시중 담당이 되었습니다~ 2

콤플렉스에서 벗어날 수 있다고 약속하겠어요."

고맙다.

무심코 지금 당장 승낙해 버리고 싶어질 만큼 반가운 제안이었다.

시중 담당으로서 히나코에게 공헌하고 싶다. 그 마음이 커질수록 과제에 직면하는 일도 많아졌다. 텐노지 양에게 공부와 매너를 배울 수 있다면, 그것을 한꺼번에 해결할 수 있을 것 같다.

"슬슬 교실로 돌아가야 하겠어요. 대답은 되도록 빨리 받았으면 좋겠군요."

"알겠습니다⋯⋯. 내일 대답할게요."

방과 후에 바로 시즈네 씨와 상의하자.

"제안해 주셔서 고맙습니다. 텐노지 양은, 정말로 사람을 보는 눈이 있군요. 솔직히 이렇게 전부 들킬 줄은 몰랐어요."

"과찬은 되었어요. 대단한 게 아니어요."

"아뇨. 정말 대단해요."

감탄하고 말하자 텐노지 양이 시선을 돌렸다.

"정말로, 대단한 게 아니어요. 저도, 경험자일 뿐이니까요."

뒤로 갈수록 혼잣말처럼 말해서, 내 귀에는 거의 들리지 않았다.

그러나 언제나 당차게 행동하는 텐노지 양치고 희한하게도 어두운 표정을 보였다는 것만큼은 기억에 선명하게 남았다.

방과 후.

코노하나 저택으로 돌아온 나는 평소처럼 시즈네 씨에게 지도를 받았다.

"오늘 레슨은 이걸로 끝내죠. 수고했습니다."

"감사합니다."

예습, 복습, 매너 강좌. 그리고 호신술.

각각의 레슨이 끝나고서야 비로소 오늘 하루가 끝났음을 실감한다.

예전에는 이 시간만 되면 체력이 바닥을 쳐서 제대로 말할 수도 없었지만, 지금은 아주 조금 여유가 있다. 나도 몸과 마음이 성장한 것일까.

다음에는 히나코의 방에 가서 목욕을 시켜야 한다.

땀을 슬쩍 훔치고 시즈네 씨를 보자 뭔가 복잡한 얼굴로 수중에 있는 서류를 살피고 있었다.

"무슨 서류죠?"

"이츠키 씨를 지도하는 일정표입니다. 예상보다 진도가 빨라서 재조정할까 해요."

시즈네 씨는 진지한 표정으로 서류를 살펴 나간다.

딱 좋은 타이밍일지도 모른다…….

"시즈네 씨. 잠시 상의하고 싶은 일이 있는데요……."

그렇게 말한 나는 오늘 텐노지 양과 이야기한 것을 시즈네 씨에게 설명했다.

방과 후, 텐노지 양에게 공부와 매너를 배운다는 이야기다.

"그렇군요……. 텐노지 님과 그러한 이야기를 했나요."

(생활력 없음)

내 이야기를 들은 시즈네 씨는 잠시 서류를 내리고 곰곰이 생각했다.

"이츠키 씨는, 어쩌고 싶죠?"

"개인적으로는 제안을 받아들이고 싶어요. 텐노지 양은 다른 사람을 잘 가르치고…… 여러모로 의지가 되니까요."

시즈네 씨도 잘 가르치지만, 텐노지 양은 동급생인 만큼 같은 시점에서 조언해 준다.

게다가── 텐노지 양은 이렇게 말했다.

『당신은 주위에서 열등감을 느끼죠?』

『제가 지도하면 그 콤플렉스에서 벗어날 수 있다고 약속하겠어요.』

그 말이 내 가슴을 크게 울렸다.

텐노지 양은 항상 당당하고, 그야말로 키오우 학원에 어울리는 학생일 것이다. 지금껏 별로 자각하지 않았지만, 나는 텐노지 양을 동경하고 있다.

"텐노지 양에게 지도를 받으면…… 저는 히나코에게 더 적합한 사람이 될 것 같아요."

히나코가 긴장을 풀 때도 함께할 수 있는, 여차할 때는 완벽하게 도와줄 수 있는, 그런 시중 담당이 되려면 아직 부족한 점이 너무 많다. 그 점을 텐노지 양에게서 얻어냈으면 좋겠다.

"저는 문제가 없다고 봐요."

시즈네 씨가 이어서 말한다.

"텐노지 님이라면 저보다 더 매너를 잘 가르칠 수 있겠죠. 게

다가…… 카겐 님께서도 말씀하셨습니다. 이츠키 씨는 아가씨를 대신해 코노하나 가문의 인맥을 적극적으로 만들어 달라고 하시더군요."

"카겐 씨가요……?"

"네. 미야코지마 님과 텐노지 님을 사교계에 초대했을 때처럼, 아가씨의 체면을 세우는 형태로 알게 모르게 의식하면 좋겠다고 하시더군요."

솔직히, 뜻밖이었다.

그 사람은 나를 별로 신용하지 않는다고 느꼈으니까.

카겐 씨가 나를 다르게 생각하게 되었다면, 그 계기는 지난번 사교계일 것이다. 그날 밤, 나는 처음으로 카겐 씨의 본심을 들은 기분이 들었다.

"알겠습니다. 그렇다면 저도 잘해 볼게요."

"잘 부탁해요. 다만 어디까지나 자연스럽게…… 학생다운 범주에서 해 주세요."

어디까지나 학생끼리. 어디까지나 친구로서.

그러한 범주에 속하는 인맥이라면 자유롭게 만들어도 상관없다는 뜻이겠지. 최종적으로 그것을 히나코와 연결하면 된다.

"……이츠키?"

그때 도장 문이 열리고 히나코의 목소리가 들렸다.

"목욕…… 아직 멀었어?"

"미안해. 잠시 시즈네 씨와 이야기했어."

"……이야기?"

(생활력 없음)

나는 고개를 갸우뚱하는 히나코에게 설명한다.

"히나코하고도 상의하려고 했는데, 한동안 방과 후에 같이 다니지 못해도 괜찮을까?"

"……어?"

히나코는 눈을 휘둥그레 뜨고 놀랐다.

"카겐 씨도 다시 고용해 주셨으니까, 지금부터 다시 정신을 차리고 여러 가지를 배우고 싶거든. 학교에서 성적도 올리고 싶고, 사교계에서 무시당하지 않을 만큼 매너도 익히고 싶어. 그러기 위해서 한동안 방과 후의 시간을 쓰고 싶어."

"외부인에게, 배운다는 소리야? 시즈네는 안 돼?"

그 물음에는 시즈네 씨가 대답했다.

"저도 다른 업무가 있으니까, 이츠키 씨의 레슨에 집중할 수 없을 때가 있습니다. 특히 요새는 지난번 사교계의 영향으로 일이 늘어나서…… 한동안은 레슨에 시간을 내기 어려울지도 몰라요."

"……우으. 그러면 내가 가르치면 안 돼?"

"아가씨께서도 꼭 하셔야 할 일이 많으니까요. 일정을 봐서는 어렵겠죠. 게다가 환경을 바꿔서 다양한 사람에게 배우는 것은 이츠키 씨 본인에게도 보탬이 될 겁니다."

"우, 우으……."

굳이 말하자면, 히나코는 못마땅해 보였다.

30초 정도 뭔가 생각한 히나코는, 마침내 그 작은 입술을 천천히 연다.

"이츠키. 그건…… 나를 위해서야?"

"히나코를 위한 일인가 하면, 조금 다를지도 모르지만……
히나코의 시중 담당을 잘 수행하기 위해서야."

생색을 낼 마음은 없지만, 예전보다도 히나코의 힘이 되고 싶
은 만큼, 나는 이번 제안을 받아들이려고 한다.

히나코는 "우으응." 하고 끙끙 앓는 소리를 낸 뒤에 한숨을 쉬
었다.

"그렇다면, 어쩔 수 없어. 허락할게."

"고마워."

히나코의 허가를 받았다.

내일, 텐노지 양에게 이번 제안을 받아들이겠다고 전하자.

"하지만…… 공부도, 매너도, 누구한테 배워……?"

나는 그 질문에 대답한다.

"텐노지 양이야."

살짝 눈을 동그랗게 뜬 것 같은 히나코에게, 나는 다시 고백했
다.

"방과 후에는 한동안, 텐노지 양과 지낼 거야."

"…………………………."

히나코의 방에 딸린 욕실에서.

나는 목욕물에 몸을 담그고 아이스크림을 먹는 히나코를 지켜
보고 있었다.

"마시쩌……."

키오우 학원에 있을 때와는 다르게 축 늘어진 모습을 보이는 히나코에게, 나는 쓴웃음을 지었다.

"이걸로 용서해 주겠어?"

"……아직, 조금 부족해."

"용서해 줘. 시즈네 씨한테 안 걸리게 아이스크림 챙기는 것도 힘들다고."

한숨을 섞어 말하자 히나코가 시선을 내리고 입을 연다.

"사실은 아직 싫지만…… 나를 위한 일이라면, 용서할래."

정식으로 텐노지 양과 함께 지내는 것을 용서받았다.

도장에서 이 이야기를 하고 지금에 이르기까지, 히나코는 쭉 반대했었다. 하지만 설득의 결정타가 된 것은 아이스크림을 이용한 매수였다. 요새는 시중 담당 해고 소동이나 사교계 등으로 정신없이 바빴기 때문에 오랜만에 긴장을 풀 수 있어서 기쁜 걸지도 모른다.

그러나 히나코는 여전히 조금 불만이 있어 보였다.

나는 토라진 기색으로 수면을 보는 히나코에게 말을 걸었다.

"히나코가 싫다면 이번 제안을 거절해도 상관없는데……."

"…………이츠키를 방해하고 싶지 않아."

"그렇구나."

나를 배려해 준 것일까.

원래라면 시중 담당인 내가 배려해야 하는데도…… 조금 기쁘다.

"솔직히, 조금 안심했어."

"안심했어……?"

"요즘 히나코가 나를 피하는 것 같았으니까."

"……왜 그렇게 생각했는데?"

"아니, 그야 아침에는 내가 깨우지 않기를 바라는 눈치고. 그것 말고도 가끔 나랑 거리를 두려고 할 때가 있잖아?"

그렇게 말하자 히나코가 볼을 부풀렸다.

"딱히, 거리를 두려고 한 게 아니야."

"그러면 뭔가 다른 이유가 있어?"

"……우으."

복잡한 표정으로, 히나코가 나지막이 중얼거린다.

"……말하기 싫어."

궁금하지만, 본인에게 말할 생각이 없다면 나도 캐묻지 말자.

"그나저나, 히나코."

"……뭔데?"

"그렇게 입으면, 덥지 않아?"

눈앞에 있는 히나코는 학교 수업에서 쓰는 수영복을 입었다.

키오우 학원답게 디자인이 고상하다. 그러나 욕실에서 보면 조금 답답하다.

"……별로."

"지금껏 비키니 수영복을 입었잖아. 왜 갑자기 학교 수영복인 거야?"

"……그런 기분이니까."

히나코는 대답하기 껄끄러운 투로 말했다.

시선을 돌리고 내게 등을 보인 히나코를 보고, 나는 속으로 생각한다.

——역시 나를 피하는 게 아닐까?

하지만 이렇게 같이 욕실에 있고, 방과 후에는 되도록 함께 시간을 보내고 싶다는 이야기를 들었는데…… 지금의 나는 히나코가 뭘 생각하는지 알 수 없었다.

시중 담당으로서 벌써 한 달 넘게 히나코의 곁에 있다. 히나코가 생각하는 것도 조금씩 이해할 수 있을 텐데도 요새는 다시 생각을 파악할 수 없게 되었다. 이건 대체 어떻게 된 걸까.

"됐으니까, 머리나 감겨."

"그래……."

우울한 생각은 나중에 하자. 히나코의 머리에 손을 뻗는다.

목욕물에 몸을 오래 담근 탓인지 히나코의 귀가 빨갛게 물들었다.

"우후……."

히나코가 만족스러운 소리를 낸다.

뭐, 적어도 싫어하는 사람에게 머리를 만지게 하진 않겠지.

"……이츠키."

"응?"

샴푸로 히나코의 머리를 감기고 있을 때, 히나코가 작은 목소리로 말했다.

"이런 건…… 텐노지 양이랑, 하지 마."

무슨 소리를 하는가 싶었더니.

피식 웃음을 흘린 나는 조금 안심하고 대꾸한다.

"할 리가 없잖아."

내가 지금 상황에 익숙해질 때까지 얼마나 고생했는지 알기나 할까.

지금이야 의식하지 않고 있지만, 시중 담당이 된 당시에는 큰일이었다.

"응?"

문득, 히나코의 머리카락이 수영복의 어깨끈에 걸린 것을 깨달았다.

"어깨끈을 조금 치울게."

"……어?"

왼쪽 어깨끈을 조금 밀어내서 내리자 이상한 소리가 들린 것 같았다.

"머리가 길면 이럴 때 불편하구나."

"이, 츠키……?"

"잠깐 기다려 봐. 금방 끝낼게."

"……으!"

갑자기 히나코가 몸을 화들짝 떨고 목욕물에 잠수했다.

수면에 부글부글 공기 방울이 뜬다. 그 중심에서 히나코는 새빨개진 얼굴로 나를 흘겨보고 있었다.

"무……!"

"무?"

"무, 무신경해……!!"

히나코는 부끄러운 듯, 어깨에 두 손을 얹고 자신의 몸을 끌어 안는다.

"무신경하다니⋯⋯."

스스로 수영복을 벗었던 사람이 할 말은 아닌 것 같다.

다음 날.

쉬는 시간에 텐노지 양에게 "제안해 준 이야기의 허가를 받았 다."라고 전하고, 곧바로 오늘 방과 후부터 공부 모임을 시작하 기로 했다.

"자, 철저하게 가르치겠어요!"

"사, 살살 해 주세요⋯⋯."

학생들이 하교하는 가운데, 나와 텐노지 양은 식당에 인접한 카페에서 만나기로 했다.

지금 와서 생각하는 거지만, 내 몸이 버틸 수 있을까? 그런 불 안을 느낄 정도로 텐노지 양은 의욕이 가득했다.

"후후후⋯⋯ 타도, 코노하나 히나코⋯⋯! 이번에야말로, 그 웃는 얼굴을 일그러뜨려 주겠어요⋯⋯!"

악마 같은 미소를 지으면서 말하는 텐노지 양.

먼저 도착한 텐노지 양은 내가 마실 것도 주문한 듯, 내가 자리 에 앉자마자 홍차가 나왔다.

"먼저 목표를 정하죠. 제 목표는 다음 실력고사에서 코노하나 히나코에게 승리하는 거여요."

우아하게 찻잔을 기울인 텐노지 양이 말한다.

(생활력 없음)

"다음 실력고사가 언제였죠?"

"한 달 뒤에 있어요."

원래 텐노지 양과 히나코의 점수는 차이가 별로 안 난다고 한다.

한 달 동안 열심히 공부하면 텐노지 양이 승리할 가능성도 충분히 있다.

"토모나리 씨는 그 시험에서 상위 50등에 드는 점수를 받아야 해요."

"네?"

나는 갑작스러운 선언을 듣고 놀랐다.

"50등 안에 들어가라고요……? 지금이 평균보다 조금 아래인데, 갑자기 그건 좀……."

"걱정할 것 없어요. 어차피 제가 하나부터 열까지 가르칠 테니까."

자신만만하게 가슴을 펴는 텐노지 양을 보고, 나는 복잡한 표정을 지었다.

나약한 소리를 할 때마다 매를 벌 것 같다. 지금은 나도 텐노지 양을 믿고 노력해 보자.

"그리고 토모나리 씨는 매너를 배우고 싶다고 했는데…… 그렇게 마음먹은 계기가 있어요?"

텐노지 양의 질문에, 나는 생각하면서 대답했다.

"코노하나 가문의 사교계에 참석했을 때 느낀 게 있는데요……. 역시 저는 그런 자리에서 자연스럽게 있는 게 어려워

서 말이죠. 하다못해 망신을 당하지 않을 정도로 행동하는 것만
큼은 몸에 익히고 싶어서 말이죠."

"좋은 마음가짐이에요."

텐노지 양은 만족스럽게 고개를 끄덕였다.

"그렇다면 토모나리 씨에게는 사교계를 대비한 매너를 가르
치겠어요. 식사 예절과 화술, 추가로 댄스도 가르치는 게 좋겠
군요."

"대, 댄스?"

"토모나리 씨는 춤출 줄 아는 것이 있어요?"

출 줄 아는 게 있냐고 물어도 말이지.

굳이 말하자면, 체육대회 때 연습한──.

"축제 장단에 맞춰 추는 춤이라면……."

"네?"

"죄송해요. 출 줄 아는 게 없습니다."

아무리 그래도 축제 장단에 맞춘 춤을 사교계에서 출 수는 없
다. 아니, 오히려 반응이 좋을지도 모르지만, 웃음을 대가로 신
분을 잃을 것만 같다.

"그렇다면 댄스는 기초부터 가르치겠어요."

텐노지 양이 중얼거리듯 말한다.

"큰 방침은 정해졌군요. 그렇다면 바로 수업을 시작하겠어
요. 오후 6시까지는 공부, 그다음에는 매너 수업을 해요."

"네. 잘 부탁합니다."

오후 6시.

오늘 공부는 탈 없이 끝났다. 마지막으로 교과서에 실린 문제를 푼 나는 지금 텐노지 양과 답을 확인하고 있다.

"그래요……."

내 해답을 확인하고, 텐노지 양이 나지막하게 말했다.

"평소 잘 공부하고 있나 보군요. 이 정도라면 전보다 좋은 성적을 거둘 수 있겠어요."

"감사합니다."

시즈네 씨의 레슨도 도움이 되지만, 역시 텐노지 양은 같은 학생 신분인 만큼 더 좋은 점수를 받는 방법을 가르쳐 준다. 장래를 생각하면 폭넓은 지식과 기술을 습득해야 하겠지만, 지금의 내게 필요한 것은 히나코의 곁에 있어도 문제가 생기지 않는 성적이었다.

"텐노지 양은 어때요? 이 공부 모임은 도움이 될 것 같나요?"

"그럼요. 생각보다 가치가 있었답니다. 저는 다른 사람에게 무언가를 가르치는 것을 좋아하는 걸지도 모르겠어요."

본인이 생각해도 뜻밖인 듯, 텐노지 양은 그렇게 말했다.

우리 둘밖에 없어서 그런지 오늘 공부 모임에서는 나와 텐노지 양 모두 집중할 수 있었다. 그러나 내가 집중해서 공부할 수 있었던 것은 텐노지 양이 성실하게 가르쳐 준 덕분이리라.

"텐노지 양은 왜 코노하나 양에게 그토록 경쟁심을 불태우는 거죠?"

문득, 나는 궁금해진 것을 입에 담았다.

"딱히 깊은 의미는 없어요."

텐노지 양은 조금 시선을 내린 다음, 다시 내 눈을 보고 대답했다.

"혹시나 해서 말하는 거지만, 저와 코노하나 양 사이에 이렇다 할 악연은 없답니다. 굳이 말하자면, 제가 텐노지 가문의 여식인 이상 다른 학생에게 뒤처질 수 없기 때문이어요."

"그건…… 집안의 신조 같은 걸까요?"

"아니어요. 제가, 저를 위해서 정한 원칙이어요."

어째서 그렇게 엄격한 원칙을 자신에게 부여한 것일까?

의문을 느낀 내게, 텐노지 양은 계속해서 설명했다.

"이 키오우 학원은 이른바 사회의 축소판. 여기서 누군가에게 패배해서는, 장래에서도 패배할 거여요. 저는 텐노지 그룹을 국내에서 가장 뛰어난 그룹 기업으로 여겨요. 그렇기에 제 패배는 제 신념에 어긋나는 것이어요."

긍지가 강한 생각이라고 생각했다.

예전에 다니던 학교에서 이런 소리를 하는 사람이 있었으면 빈축을 샀겠지. 그러나 이 키오우 학원은 환경이 특수하다. 텐노지 양의 발언에는 현실감이 있고…… 무엇보다 평소 성실한 언동을 보이는 텐노지 양이 한 말이기에 진짜 의지가 깃든 것처럼 들렸다.

그러나 한편으로는.

서민으로 태어나 자란 나로서는 이런 의문을 느낄 수밖에 없었다.

"그렇게 사는 것이…… 힘들다고 느낀 적은 없나요?"

"전혀 없답니다."

텐노지 양은 바로 대답했다.

"텐노지 가문의 여식으로서 가문에 공헌한다. 그것이 제 사명이자…… 제가 바라는 바여요."

당당하게 단언하는 그 모습은, 정말이지 텐노지 양답다.

나는 괜한 의문을 느낀 것을 반성했다.

"자, 다음은 매너 수업이어요."

교과서를 정리하고, 텐노지 양이 매너 강좌를 준비한다.

"텐노지 양. 하나 부탁하고 싶은 게 있는데요. 먼저 식사 예절을 중점적으로 배워도 될까요?"

"그건 상관없어요. 뭔가 이유가 있어요?"

"네. 뭐…… 개인적인 이유가 있는데요."

잘 설명할 자신이 없어서, 나는 미안하다고 생각하면서도 말을 흐렸다. 텐노지 양도 눈치챘는지 깊이 파고들지 않는다.

"그렇다면 토모나리 씨. 앞으로 한동안 저와 저녁을 함께 들지 않겠어요?"

"같이 저녁 식사를 하시자는 말인가요?"

"그래요. 식사 예절을 실전 형식으로 가르치겠어요. 다행히 이 학교에서는 여러 나라의 요리를 먹을 수 있으니까, 충실한 수업이 될 것이어요."

아하. 이대로 학교에서 저녁을 해결하면서 식사 예절을 공부한다는 건가.

효율적이므로 꼭 받아들이고 싶은 제안이지만, 만약을 대비해서 시즈네 씨와 상의해 보자.

"잠시 집에 확인해 보겠습니다."

그렇게 말한 나는 자리를 벗어나 학교 건물 뒤에서 스마트폰을 꺼냈다.

『이츠키 님, 무슨 일이시죠?』

시즈네 씨는 내게 존칭을 붙여서 말했다.

근처에서 다른 사람이 통화를 들을 가능성을 고려해서 내 아래에 있는 사용인으로 위장한 것이리라.

"텐노지 양의 제안으로 오늘부터 한동안 키오우 학원에서 저녁을 먹으려고 하는데, 그래도 될까요? 식사 예절을 가르쳐 준다고 해서요."

『알겠습니다. 특별히 문제는 없지만…….』

시즈네 씨가 도중에 말을 멈춘다.

『죄송합니다. 아가씨께서 바꿔 주길 원하시는 것 같아서, 잠시 기다려 주세요.』

히나코가?

무슨 볼일이 생길 걸까?

『이츠키……?』

"그래. 무슨 일 있어?"

『……오늘, 늦게 들어와?』

조금 아쉬운 목소리로 히나코가 물어봤다.

"오늘만이 아니라, 한동안 늦게 귀가할 것 같아."

그렇게 대답하자 히나코가 몇 초 정도 침묵했다.

『일찍…… 들어와.』

그렇게 말하고, 히나코는 시즈네 씨에게 전화를 넘겼다.

『그러니까 되도록 일찍 귀가해 주시면 좋겠어요.』

"알겠습니다……."

시즈네 씨에게 몇 시에 마중을 나올지 상의하면서 생각한다.

내 본래 일을 잊어서는 안 된다. 나는 히나코의 시중 담당이다. 지금은 텐노지 양에게 여러모로 배우는 처지이지만, 목적이 바뀌지 않도록 최대한 히나코의 곁을 지키자.

"죄송해요. 오래 기다리게 했습니다."

카페로 돌아가자 텐노지 양이 다음 수업을 준비하고 있었다.

카페 점원에게 부탁한 것이리라. 다양한 식기가 테이블에 놓여 있다.

"이건, 정말 본격적이네요……."

"당신의 의욕에 부응했을 뿐이어요."

텐노지 양은 의기양양하게 가슴을 펴고 말했다.

"지금 할 소리는 아니지만, 이래도 될까요? 저 혼자만 이렇게 득을 봐서."

"그 이야기는 이미 끝났을 텐데요. 저도 유의미한 시간을 보내고 있으니까 걱정할 것은 없어요."

그렇게 말한 텐노지 양은 목소리를 낮추고 계속해서 말했다.

"그리고…… 지금의 당신은 옛날의 저를 보는 것 같아서, 조금 참견하고 싶었을 뿐이어요."

그 말을 들은 나는 고개를 갸우뚱했다.

"그건, 무슨 말씀이신지……?"

"자, 이제 수업을 시작하겠어요."

얼버무리듯이, 텐노지 양은 수업을 개시했다.

오후 8시.

텐노지 양의 수업이 끝난 뒤, 나는 마중을 나온 차로 코노하나 저택으로 돌아왔다.

"다녀왔습니다."

"고생했어요, 이츠키 씨."

저택에 들어서자 곧바로 시즈네 씨와 얼굴을 마주쳤다.

"앞으로 한동안 이 시간대에 귀가할 것 같아요."

"알겠습니다. 확인차 무엇을 배웠는지 물어봐도 될까요?"

"네."

방으로 이동하면서 텐노지 양에게 배운 내용을 설명한다.

"——이런 느낌인데요."

"그렇군요. 다음에 정식으로 텐노지 님께 답례하는 게 좋겠네요. 이야기를 들어선, 참 본격적으로 배우는 것 같으니까요."

"그래야 하겠어요."

그것은 나도 실감했다.

텐노지 양은 본인도 유의미한 시간을 보냈다고 했지만, 일반적으로 보면 내가 일방적으로 이득을 보고 있다. 다음에 꼭 보답하자.

(생활력 없음)

"그나저나 왜 식사 예절을 우선해서 배우려는 거죠?"

"아, 그건 말이죠……."

조금 쑥스럽지만, 시즈네 씨라면 말해도 되겠지.

나는 의도를 설명했다.

"그렇게 된 거였군요."

시즈네 씨는 이해한 기색으로 고개를 끄덕였다.

"시중 담당의 소임을 잊지 않은 것 같아서 다행이에요."

"뭐…… 원래 그러려고 텐노지 양에게 여러모로 배우는 거니까요."

그렇게 말하자 시즈네 씨가 만족스럽게 미소를 지었다.

"그렇다면 아가씨께서 이츠키 씨를 만나고 싶어 하시니까, 최대한 빨리 가 보세요."

"어? 호신술 레슨은 없나요?"

"댄스 수업이 시작되면 체력도 소모하겠죠. 앞으로의 일을 생각해서, 일시적으로 호신술 레슨의 우선도를 낮추겠어요."

텐노지 양과 이야기한 결과, 댄스 수업은 대략 일주일 뒤부터 시작할 예정이다. 아무리 그래도 카페에서 댄스 수업을 진행할 수는 없으므로, 먼저 장소를 구할 필요가 있었다. 오늘은 그 신청을 하지 않아서 댄스 수업을 진행하지 않았다.

게다가 요즘은 도장이 비지 않을 때가 많으니까요.

"도장이 비지 않는다고요?"

내가 되묻자 시즈네 씨는 복잡한 표정을 지었다.

"지난번에 당신이 코노하나 가문의 경호원을 때려눕히는 바

(생활력 없음)

람에 그들의 자존심에 상처가 심하게 났는지…… 그때 이후로 도장에서 훈련하는 사람이 늘었어요."

"저기…… 죄송합니다."

"이츠키 씨 탓이 아닙니다. 오히려 그들에게는 좋은 약이 되었겠죠."

시즈네 씨가 한숨을 섞어서 말했다.

"만약 이츠키 씨가 장차 코노하나 가문의 경호원을 목표로 삼을 마음이 있다면 지금 당장 호신술 레슨을 시작하겠지만…… 어떻게 할까요?"

"지금 당장은 그럴 예정이 없으니까 사양하겠습니다……."

"그렇군요. 아쉽네요."

아쉬운가요…….

시즈네 씨는 농담과 진담의 경계를 알기 어려운 사람이지만, 지금 한 말은 조금 진담처럼 들렸다.

어…… 그래도 되나?

그런 장래 설계도, 있을 법하나?

히나코의 목욕을 도운 다음, 나는 방으로 돌아와 내일 예습을 했다.

"이건 좀, 머리가 피곤한걸."

노트에 펜을 두고 가볍게 기지개를 켠다.

현재 시각은 오후 11시. 오늘은 거의 종일 공부에 매달린 하루였다.

"아니지. 이럴 때일수록 노력해야 해⋯⋯."

다시 펜을 쥐고 교과서 페이지를 넘긴다. 텐노지 양에게도 평소 공부하는 습관을 칭찬받은 참이다. 방심하지 말고 노력하자.

가끔, 나도 참 노력하는 사람이 되었다고 생각한다.

키오우 학원에서 만난 사람들은 다들 수준이 높다. 그들에게 끌려가는 형태로, 나도 매일 공부하는 것이 습관처럼 굳었다. 처음에는 그냥 시즈네 씨의 지시에 따라 공부했지만, 지금은 내 의지로 공부한다. 시즈네 씨도 그 점을 눈치챘는지 요새는 일일이 내게 '예습해라.', '복습해라.' 같은 소리를 하지 않게 되었다.

전에는 이토록 진지하게 노력한 적이 없었다. 다른 누군가를 위해서도 아니고, 자기 자신을 위해서도 아닌, 그저 무의미하게 고등학교에 다녔던 것 같다.

"걔들은⋯⋯ 지금쯤 뭘 하고 있을까."

시중 담당이 되기 전의 인간관계를 떠올린다.

안정되면 다시 만나서 이야기하고 싶어지기도 했다.

그때 문을 두드리는 소리가 났다.

"들어오세요."

문을 열자 히나코가 들어왔다.

"어⋯⋯ 히나코?"

"응."

작게 말하는 히나코를 보고 나는 깜짝 놀랐다.

~영애들이 다니는 명문 학교에서 제일가는 **아가씨**를 남몰래 돕는 시중 담당이 되었습니다~ 2

"혼자서 왔어? 용케 헤매지 않았네."

"우…… 너무해. 여긴 내 집."

아니, 잘도 그런 소리를 하는데요.

잊어서는 안 된다. 이 소녀는 혼자 두면 학교에서도 헤맨다.

"이츠키의 방, 생각보다 멀어. 내 방에서 30분 정도 걸렸어."

"그렇게 오래 걸릴 리가 있겠냐."

던전이라도 공략한 걸까?

"……뭐 해?"

"내일 예습이야. 텐노지 양한테도 많이 배우고 있지만, 그건 시험 대책이니까. 수업에도 따라갈 수 있게 노력해야지."

딱 좋은 부분에서 공부를 마친 나는 뒤돌아서 히나코를 봤다.

"무슨 일로 왔어?"

"……별로."

"응? 그러면 왜 왔는데?"

그렇게 물어보자 히나코가 조금 뚱한 얼굴을 했다.

"……볼일이 없으면, 와서는 안 돼?"

"아니, 딱히 그런 건 아니지만……."

안 되는 것은 아니지만, 대응하기 어렵다.

뭔가를 요구하는 것은 아닌 듯해서, 히나코를 의식하면서도 공부를 재개했다.

"우……."

내가 말없이 펜을 움직이고 있을 때, 히나코가 끙끙대는 소리를 냈다.

그리고 내 침대에 벌렁 드러누웠다.

"오늘은…… 여기서 잘래."

"어?"

"잘래."

히나코가 조금 강한 투로 말했다.

"내 방은 식당하고 머니까, 내일 아침에 불편할걸. 자려면 자기 방으로 가는 게……."

"싫어……."

벌써 잠들고 있었다.

눈을 껌뻑이는 히나코를 보고 무심코 쓴웃음을 짓는다.

"이츠키……."

"응?"

"……여기로 와."

"알았어."

공부를 정리하고 히나코에게 간다.

"……쓰다듬어."

히나코는 졸린 듯 눈을 가늘게 뜨고 말했다.

"사교계 때는 머리를 쓰다듬으려고 하니까 싫어했잖아. 지금은 괜찮아?"

"……딱히, 싫어한 적 없어."

히나코는 몸을 데굴데굴 굴려서 내게 등을 보였다.

"나…… 요즘, 이상하니까."

"이상해……? 몸이 아파?"

"우……."

걱정이 들어서 말을 걸자 히나코가 볼을 부풀렸다.

몸이 아픈 것은 아닌 듯하다.

천천히 머리를 쓰다듬자 히나코가 한순간 몸을 움찔했다. 하지만 곧장 가만히 받아들였다. 그 반응은 전에 본 적이 없었다. 싫어하는 건 아니라고 하지만, 역시 신경이 쓰인다.

"나도 졸리는걸……."

히나코의 머리를 쓰다듬으면서, 나는 바닥에 앉아 중얼거렸다.

"……자도 되는걸?"

"아니, 그 전에 히나코를 방으로 옮겨야 하니까……."

이렇게 말하는 사이, 정말로 졸리기 시작했다.

오늘은 오랫동안 머리를 써서 뇌가 피곤해진 거겠지.

어느새 나는 잠기운에 먹혀서————.

"……이츠키?"

머리를 쓰다듬던 손이 멈추자 히나코는 조용히 몸을 일으켰다.

이츠키는 침대 옆에서 조용히 숨소리를 내며 잠들어 있었다.

히나코는 되도록 소리를 내지 않도록 일어나서 그 모습을 관찰한다.

"……잠든 얼굴, 처음 봐."

평소에 연기하면서 생기는 피로 때문에, 히나코는 틈만 나면 잠을 잔다. 그래서 자신이 잠든 얼굴을 남에게 보일 때는 있어도 다른 사람이 잠든 얼굴을 볼 기회는 좀처럼 없다.

"피곤한, 걸까……?"

생각해 보면 이츠키는 오늘 평소보다 졸린 느낌으로 책상에 앉아 있었다.

피곤하면 잠이 오는 기분은 잘 안다. 히나코는 이츠키를 이대로 재우기로 했다.

공부하려고 책상 위에 놓은 것들을 본다.

노트에 빼곡하게 적힌 수식을 슬쩍 본 히나코의 눈에 문득 한 가지 물건이 들어왔다.

"이건…… 시중 담당의, 매뉴얼?"

두꺼운 책을 손에 들고 페이지를 사락사락 넘겼다.

원래는 시중 담당에게 매뉴얼 같은 게 없었다. 그러나 인원 교체가 워낙 심했기 때문에 업무를 말로 설명하는 것이 어려워지면서, 이렇게 매뉴얼을 만들게 된 것이다.

매뉴얼에는 붙이는 쪽지나 형광펜으로 주의해야 할 부분이 강조되어 있었다.

자유롭게 쓸 수 있는 메모를 보니 히나코가 좋아하는 아이스크림의 이름이 여러 개 적혀 있었다. 바로 옆에는 '살 수 있을 때 사서 방에 있는 냉장고에 보관!' 이라고 힘이 들어간 필체로 쓴 글씨도 있다.

가슴이 따끔거렸다.

그 아픔이 가라앉기도 전에 방에 누군가가 들어왔다.

"아가씨?"

시즈네가 의아한 얼굴로 히나코에게 다가왔다.

"방문이 열린 것이 이상해서 들어와 봤는데……."

"……쉿."

히나코는 입술 앞에 검지를 세우고 잠든 이츠키에게 시선을 돌렸다.

그 시선을 보고 시즈네도 상황을 눈치챘다.

"정말이지. 아가씨보다 먼저 잠들다니, 시중 담당의 자격이 없군요."

그렇게 말하면서도, 시즈네의 표정에는 노여움이 없었다.

시즈네도 이츠키의 최근 노력을 인정할 걸지도 모른다.

기본적으로 이츠키는 성실하다. 시즈네가 뭐라고 말하지 않아도 잠에서 깨면 알아서 반성하겠지.

"아가씨. 방으로 안내할까요?"

"……응."

고개를 끄덕인 히나코는 시즈네와 함께 방을 나섰다.

"시즈네."

"네."

"나…… 이상해."

중얼거리듯, 히나코는 말했다.

"이츠키가 시중 담당이 되어서 기쁜데도…… 이츠키가 시중을 들면 가끔 기분이 나빠져."

"……기분이 나빠지신다, 이건가요."

얼마 전의 시즈네라면 이츠키에게 원인이 있다고 의심했을 테지만, 지금은 다르다. 한 달 넘게 한 지붕 아래에서 일했다. 시즈네는 이츠키가 성실한 사람임을 잘 알고 있었다.

"이츠키 씨가 시중 담당인 것에 불만이 있으신가요?"

"……그건 아니야."

히나코는 고개를 저었다. 그러나 그 표정은 불안해 보였다.

방 앞에 도착해 시즈네가 문을 열었다. 히나코는 천천히 안에 들어간다.

"불만은, 없지만…… 그것만으로는, 싫어."

그렇게 말하고 히나코는 침대에 몸을 파묻었다.

눈 위에 팔을 두고, 히나코는 불안을 털어놓는다.

"이츠키가, 내 말을 들어주는 건…… 일이라서 그래?"

그 말을 듣고야 비로소, 시즈네는 히나코가 느끼는 불안의 정체를 눈치챘다.

무심코 훈훈한 기분이 들지만, 표정의 변화를 꾹 참았다.

"걱정하지 마세요."

시즈네는 부드러운 음색으로 말했다.

"이츠키 씨가 아가씨 곁에 있는 것은, 단순히 일 때문에 그러는 게 아니니까요."

"……정말?"

"네. 조금만 더 기다려 보시면 아실 거예요."

애초에 이츠키가 시중 담당의 일을 받아들인 이유는 단순히 돈이 없었기 때문이다.

그러나 단순히 돈이 목적이라면 카겐에게 항의해서 다시 시중 담당이 되려고 하지 않았으리라.

과거에는 어땠을지 몰라도, 지금의 이츠키는 다르다. 지금의 이츠키는, 일보다 다른 무언가를 느끼고 시중 담당에 임하고 있다.

히나코는 정작 중요한 데서 둔감하다.

그런 것쯤은 생각해 보면 알 수 있을 텐데도.

"하지만 처음이네요. 아가씨께서 이렇게 사적인 이야기를 하시는 건."

"……그랬, 었나?"

"그럼요."

'우응~?' 하고 고개를 갸우뚱하면서, 히나코는 과거를 떠올린다.

그 모습을 보고 시즈네가 미소를 지었다. 시즈네의 가슴에 딸의 성장을 지켜보는 듯한 마음이 싹튼다.

"이러면 못써요."

아직 어머니가 될 생각은 없다.

어느새 잠든 히나코에게 이불을 덮어 준 다음, 시즈네는 방을 나섰다.

텐노지 양과 함께 방과 후를 보내고 벌써 일주일이 지났다.

"안녕하세요."

교실의 문을 열고 아침 인사를 마친다.

가까이 있던 학생들이 살갑게 웃으며 인사해 주었다. 가슴이 조금 따스해지는 것을 느끼면서 자기 자리에 앉는다.

(생활력 없음)

요즘은…… 아주 조금이지만, 키오우 학원의 분위기에 적응했음을 실감했다. 익숙해진 것도 있겠지만, 계기는 필시 텐노지 양에게 매너를 배운 것이리라. 매너에 해박해질수록 이 학교에 다니는 학생들이 얼마나 매너에 신경을 쓰는지 알 수 있다. 그들의 노력에 부응하고 싶다는 마음이 어느새 나 자신의 향상심으로 이어지는 것 같다.

"안녕, 토모나리."

"좋은 아침이야, 토모나리 군."

타이쇼와 아사히 양이 다가왔다.

"그러고 보니 토모나리. 너 요새 텐노지 양과 무슨 일이 있었어?"

갑자기 타이쇼가 물어봤다.

"후후후…… 목격 정보가 꽤 있거든~? 듣자니 요즘, 매일 방과 후에 만난다면서?"

아사히 양도 흥미로운 듯이 말했다.

왠지 어긋난 방향으로 추측하는 것 같아서 설명하기로 했다.

"사실은 요즘 텐노지 양에게 매너를 배우고 있어서요."

"매너?"

되묻는 아사히 양에게, 나는 고개를 끄덕여 보였다.

"예전에 한 공부 모임의 연장선 같은 거예요."

"뭐야~. 난 또, 토모나리 군이 신분 상승을 노리는 줄 알았지."

"아쉽게도 그건 아닌데요."

터무니없는 억측을 한 아사히 양에게, 나는 단호하게 말했다.

"오, 소문의 장본인이 납셨네."

타이쇼가 교실 문을 보고 말했다.

덩달아서 보니, 그곳에 텐노지 양이 있었다.

텐노지 양은 이쪽을── 정확히는 내게 시선을 주면서 손짓으로 부르고 있다.

무슨 일인가 싶어서 나는 텐노지 양이 있는 곳으로 갔다.

"텐노지 양, 안녕하세요. 무슨 일이죠?"

"좋은 아침이어요. 사실은 조금 상의하고 싶은 게 있답니다."

상의할 게 있다고?

"저도 오늘까지 잊고 있었는데, 평소 우리가 이용하는 카페에는 정기 휴일이 있어요. 그게 오늘이랍니다."

"아…… 그랬군요."

우리는 평소 방과 후에 식당 옆 카페에서 공부 모임을 한다. 그 카페에는 다양한 나라의 요리 메뉴가 있고, 식사 예절을 실전 형식으로 연습할 수 있으므로 애용하고 있었다.

"그러면 오늘은 다른 장소에서 공부 모임을 하고…… 매너 수업은 쉬어야 하겠군요."

"그것도 생각했지만, 한 가지 제안이 있답니다."

텐노지 양이 말했다.

"우리 집에 오지 않겠어요?"

"네……?"

뜬금없는 제안에, 나를 고개를 갸우뚱했다.

"매너를 익히는 데 가장 위험한 것은 익숙해지는 것이어요.

~영애들이 다니는 명문 학교에서 제일가는 **아가씨**를 남몰래 돕는 시중 담당이 되었습니다~ 2

(생활력 없음)

처음에는 아무리 긴장하면서 배워도, 상황과 환경에 익숙해지면 누구나 자연스럽게 침착해지는 법이랍니다. 하지만 그것은 어디까지나 상황에 익숙해진 것이지, 매너가 몸에 익어서 그런 것이 아니에요."

"그건, 그럴지도 모르겠네요."

"그래요. 그러니까 토모나리 씨가 익숙해지는 것을 방지하기 위해서라도, 정기적으로 장소를 바꾸는 게 좋다고 생각한 것이어요. 마침 좋은 기회가 생겼으니까, 이번에는 우리 집에서 공부 모임을 해 보지 않겠어요?"

텐노지 양이 논리정연하게 설명했다.

그 제안을, 나는──.

"……사정이 이렇게 되었는데, 어떨까?"

점심시간.

평소처럼 구 학생회관에서 히나코와 합류한 나는 텐노지 양의 제안을 히나코와 공유했다.

키오우 학원에서는 자유롭게 인간관계를 만들어도 괜찮다는 말을 들었지만, 나는 히나코의 시중 담당이다. 먼저 히나코에게 의견을 구하는 것이 도리겠지.

"……우."

"히나코?"

"으으으으……."

뜻밖에도 히나코가 진지하게 생각하고 있었다.

솔직히 심각하게 고민할 필요는 없다고 보지만…… 히나코는 팔짱을 끼고, 매우 복잡한 표정을 지었다.

"……이츠키."

"응?"

"……………………………………………………자고 올 거야?"

왠지 모르게 눈을 마주치려고 들지 않고, 히나코는 조심조심 내게 물어봤다.

"아니, 갔다가 당일에 올 건데?"

"…………그러면, 괜찮아."

말은 그렇게 하면서도, 히나코의 표정은 아직 복잡하다.

"이츠키. ……텐노지 양과 공부 모임 해서, 즐거워?"

"그러게. 텐노지 양은 지인이 상대라도 타협을 용납하지 않는 성격이니까, 나도 자연스럽게 노력할 수 있다고 할까……."

"……흐응."

지인을 상대로 엄격하게 대할 수 있는 사람은 귀중하다. 일반적으로 지인이 상대라면 '사이가 틀어지고 싶지 않다.'라는 마음이 앞설 것 같지만, 텐노지 양에게는 그런 구석이 없다. 아마도 절대적인 자신감이 있으니까, 상대가 생각하는 것보다 자신의 행동에 중점을 둘 수가 있는 거겠지.

그토록 당당한 행동은 지금의 내 처지를 무시하더라도 순수하게 동경할 수 있다.

그런 식으로 생각했을 때, 히나코가 교복 옷자락을 잡아당겼다.

"……내, 시중 담당이니까."

"어?"

"이츠키는…… 내 시중 담당이니까."

히나코가 바로 앞에서 나를 똑바로 바라본다.

코앞에서 고운 얼굴이 한눈에 들어오는 바람에 조금 동요했다. 같은 저택에서 생활하는데, 어째서인지 히나코에게서 좋은 향기가 났다.

"나도 알아."

천천히 숨을 내쉬어서 동요를 죽인다.

이어서 나는 수중에 있는 도시락통으로 시선을 돌렸다.

"나도 아니까, 아무튼…… 몰래 내 도시락에 야채를 넣지 마."

"…………들켰어."

방심할 수 없는 주인님이다.

2장 텐노지 저택에 어서 오세요

텐노지 가문 방문에 관해서 히나코의 허가를 받은 나는 곧장 시즈네 씨에게도 허가를 받았다.

방과 후. 나는 같은 차를 타고 텐노지 양이 평소 생활하는 저택으로 이동했다.

"여기가, 텐노지 양의 집……."

텐노지 양도 히나코처럼 평소에는 별저에서 생활하는 듯, 나는 본가 쪽 저택이 아닌 별저 쪽으로 안내받았다. 별저로는 보이지 않을 만큼 큰 저택이다.

그러나 외관은 코노하나 가문과 매우 다르다.

한마디로 말하자면 화사하다. 큰 대문 너머에는 화려한 정원이 펼쳐졌는데, 그곳에 심은 형형색색의 꽃은 멀리서 봐도 아름답게 느껴졌다. 길을 가던 사람들은 이런 광경을 보면 저절로 발걸음을 멈추겠지. 저택을 에워싼 문과 벽에도 정교한 장식을 넣어서, 마치 하나의 예술을 보는 듯한 기분에 빠졌다.

"코노하나 가문과 비교하면 참 웅장하다고 할까, 화려하다고 할까……."

무심코 입 밖으로 그렇게 중얼거리고 말았다.

~영애들이 다니는 명문 학교에서 제일가는 **아가씨**를 남몰래 돕는 시중 담당이 되었습니다~ 2

"코노하나 양의 집을 아셔요?"

"아, 아뇨. 그게…… 부모님의 사정으로 몇 번인가 인사하러 간 적이 있거든요."

"과연, 그렇군요."

깜빡 말실수할 뻔했다.

실제로는 인사는 물론이고 매일 그곳에서 생활하고 있다. 하지만 그 사실을 알려서는 안 된다.

문이 열리고, 사용인들에게 에워싸인 우리는 저택으로 이동한다.

넓은 길에는 먼지 한 톨 보이지 않는다. 구석구석 손질을 잘했다.

"화사하게, 당당하게. 이것이 텐노지 가문의 방침이어요. 설령 별저라도 그 이념은 변함이 없어요. 이 정원도, 문밖에서 아름답게 보이게 잘 계산했답니다?"

"정말로, 아름답게 느껴져요."

그렇게 실토하자 텐노지 양이 기쁜 듯 미소를 지었다.

저택 안으로 들어간다. 예상했지만 내부 장식도 꽤 화려했다. 고급스러운 느낌이 나는 빨간 융단과 금색이나 은색 장식이 여기저기서 보인다. 그러나 하나같이 너무 튀지 않고, 빛의 반사나 배치를 잘 계산해서 어디까지나 배경으로 존재하고 있었다.

마치 영화 촬영장을 보는 듯하다.

"오오, 미레이! 다녀왔느냐!"

그때, 2층에서 남자 목소리가 들렸다.

"어머, 아버님. 지금 다녀왔어요."

텐노지 양이 그렇게 말해서 나는 곧바로 자세를 바로잡았다.

하얀 나선계단에서 한 남자가 내려온다. 올백 머리에 중후한 느낌이 나는 턱수염이 특징인 남자다. 체격도 커서 건장한 인상이 들었다.

이쪽으로 다가오는 그 인물을 본 나는 갑자기 긴장했다.

"테, 텐노지 양의…… 아버님, 이신가요?"

"그래요. 제가 오늘 토모나리 씨를 집에 초대한다고 알렸더니 꼭 만나 보고 싶다고 하셨어요."

마음 준비가 덜 되었다. 서둘러 차분함을 되찾는다.

눈앞으로 다가온 텐노지 양의 부친에게, 나는 머리를 깊이 숙였다.

"처, 처음 뵙습니다. 토모나리 이츠키라고 합니다. 키오우 학원에서 평소 텐노지 양에게 신세를 지고 있습니다."

"그래. 나는 텐노지 마사츠구다. 오늘은 편히 있다 가게."

그 말투에서 친근감이 들어서 조금은 긴장이 풀렸다.

"아버님. 오늘은 친목을 다지기 위해서가 아니라, 공부 모임을 하려고 초대한 거여요."

"오오, 그랬지! 마음껏 공부해 주게나!"

마사츠구 씨는 밝게 웃으며 말했다.

그러나 다음 순간에는 눈매가 가늘어지고, 내게 귓속말했다.

"그런데 토모나리 군. 우리 딸과는 무슨 관계지?"

"네? 저기, 같은 학교에 다니는 학생입니다……."

~영애들이 다니는 명문 학교에서 제일가는 **아가씨**를 남몰래 돕는 시중 담당이 되었습니다~ 2

(생활력 없음)

"정말로 그게 다인가? 뭔가 수상한 관계는 아니겠지? 그 뭐냐, 남녀의 관계라거나——."

"——아버님!"

텐노지 양이 언성을 높인다.

"참…… 우리는 그렇게 불순한 관계가 아니에요."

"그래. 미레이가 그렇게 말하면 그런 거겠지."

얼굴을 붉히며 말하는 텐노지 양에게, 마사츠구 씨가 고개를 끄덕여 보였다.

마사츠구 씨는 생각했던 것보다 유머 감각이 있는 사람일지도 모른다. ——아니지. 방심할 수는 없다. 카겐 씨도 처음에는 자상하고 딸을 사랑하는 사람 같았으니까. 어쩌면 마사츠구 씨에게도 냉철한 일면이 있을지도 모른다.

"미레이, 식사 예절을 공부하고 싶다고 했었지?"

"네. 기왕이면 영국식 식사를 요청하고 싶어요."

그 말을 들은 마사츠구 씨는 턱에 손을 댔다.

"그래…… 마침 잘됐으니, 나도 동석하마."

마사츠구 씨가 이쪽을 힐끗 보고 말했다.

"네……?"

솔직히 텐노지 저택에서 공부 모임을 하는 것만으로도 허들이 높은데.

나는 지금부터 나라를 대표하는 기업의 총수와 식사해야 하는 건가……?

마사츠구 씨의 제안으로, 나는 그대로 텐노지 가문의 식탁에 초대받았다.

공부 모임을 하려고 왔는데, 갑자기 실전이다. 그러나 당혹한 나와는 다르게 텐노지 양은 의욕을 보였다. "연습보다 실전이 몸에 더 잘 배는 게 당연하답니다."라는 소리를 들으면 나도 고개를 끄덕일 수밖에 없다.

오후 7시.

눈앞에 나온 영국식 요리를 해치운 나는 냅킨 안쪽 면으로 입가를 닦고 커틀러리(cutlery)를 접시 위에 놓았다.

"잘 먹었습니다."

그 말을 입에 담자마자 팽팽했던 긴장이 조금은 풀렸다.

솔직히 맛을 느낄 여유가 없었다. 수준이 높은 요리가 나왔을 테지만, 나는 매너를 실천하고 긴장을 얼굴에 드러내지 않는 것이 한계였다.

"흠……."

맞은편에 앉은 마사츠구 씨가 나를 똑바로 바라본다.

"뭔가. 잘하는군. 적어도 이번에 나는 자네와 식사하면서 불쾌함을 느낄 일이 없었네."

"가, 감사합니다."

칭찬을 들어서 머리를 숙인다.

"아버님, 판정이 조금 느슨한 것 아니어요? 아직 수프를 먹을 때의 움직임이 어색하답니다."

그렇게 말한 텐노지 양은 홍차 찻잔을 입에 대고 기울였다.

(생활력 없음)

그 우아한 동작은 좀처럼 흉내 낼 경지가 아니다.

"하긴, 조금 긴장한 구석이 마음에 걸렸지만…… 그건 내가 앞에 있으니까 어쩔 수 없지! 하하하하!"

마사츠구 씨가 호쾌하게 웃는다.

그 덕분에 팽팽했던 긴장이 풀렸다.

냉정하게 생각하면…… 이건 좋은 기회일지도 모른다.

이번처럼 상류계급 중에서도 특히나 신분이 높은 사람에게 여러 가지로 이야기를 듣는 경험은 매우 귀중하다. 코노하나 가문 당주인 카겐 씨는 항상 본저에서 일하니까 좀처럼 만날 일이 없다.

"저기…… 이런 상황에서 긴장하지 않는 비결이 있을까요?"

좋은 기회니까, 뭔가 조언을 듣고 싶다.

그렇게 생각하고, 나는 마사츠구 씨에게 질문했다.

"흠……. 반대로 묻겠지만, 이런 상황에서 긴장하지 않는 사람이 있을까?"

마사츠구 씨가 내게 되물었다.

그 질문에 나는 바로 대답하지 못했다. 적어도 이번 식사 때 마사츠구 씨가 긴장한 기색은 없었는데…….

"아마도 자네가 그걸 물어본 이유는, 내가 긴장과 인연이 없는 사람처럼 보였기 때문이겠지?"

"네?! 아, 아뇨. 그렇지는…….."

"사실은 어떤가?"

"…………………저기, 조금은 그랬습니다."

"하하하하! 정직해서 좋군!"

마사츠구 씨가 즐겁게 웃는다.

그러나 나는 딱히 마사츠구 씨를 무시하는 게 아니다. 오히려 그 반대로, 당당한 언동이 존경스러워서 아까처럼 질문한 것이다.

"그 말대로 나는 긴장과 거의 인연이 없는 사람이지. 누가 상대라도 이 태도를 관철할 수 있다."

"상대가 누구라도, 말인가요……?"

"그래. 나는 총리 앞에서도 이 태도를 흐트러뜨리지 않아."

총리라는 단어가 튀어나온 시점에서 속으로 경악했다. 그러나 텐노지 그룹 총수가 그 단어를 입에 담아도 딱히 이상할 일은 없다. 그럴 마음만 있다면 편하게 같이 식사할 수 있는 신분이겠지.

그러나 총리가 상대라도 이 태도를 관철한다는 말에는 놀랄 수밖에 없었다.

농담으로 한 말은 아니리라. 마사츠구 씨는 당연하다는 듯이 말했다.

"다만 그것은 현시점에서 할 수 있는 말이다."

마사츠구 씨가 말을 보탠다.

"누구든 처음부터 이러한 태도를 보일 수는 없지. 나도 젊었을 때는 고생했다. 오랜 시간을 들여서 여러 성과를 쌓았기에 지금의 내가 있는 것이지."

그렇게 말하고, 마사츠구 씨는 강한 의지가 깃든 눈으로 나를

~영애들이 다니는 명문 학교에서 제일가는 **아가씨**를 남몰래 돕는 시중 담당이 되었습니다~ 2

(생활력 없음)

봤다.

"실적을 만들게. 좌우지간 행동하는 거야. 설령 실패해도 상관없다네. 여차할 때 자신을 떠받쳐 주는 것은 과거에 자신이 한 일이지."

그 입에서 관록이 담긴 말이 나온다.

"자네도 하나 정도는 있겠지? 강한 신념으로써 성취하고픈 무언가가."

그 물음에, 나는 보름 전쯤에 있었던 일을 떠올렸다.

시중 담당에서 해고되고, 히나코와 떨어질 뻔했다. 그때 나는 다시 히나코의 곁에 서고 싶다는 일념으로 코노하나 가문 저택에 침입했다. 그 감정은 신념이 틀림없다.

"네."

내가 생각해도 신기할 만큼, 당당하게 단언할 수 있었다.

그런 나를 보고, 마사츠구 씨는 만족스럽게 고개를 끄덕인다.

"그래, 눈빛이 좋군. 그 경험은 자네의 기둥이 되겠지. 그런 것을 늘리면 돼."

마사츠구 씨가 이야기를 마무리하자, 근처에 있던 사용인들이 곧바로 식기를 정리하기 시작한다.

이 사람은 카겐 씨와 다르게 엄숙한 분위기를 드러내지 않는다. 그러나 그것은 엄숙한 태도를 꺼려서 그런 것이 아니라, 단순히 필요하지 않기 때문이다.

마사츠구 씨는 군이 태도에 위엄을 드러내지 않아도 상대가 배신하지 않는다고 믿는 것이다.

상대의 성의를 기대하는 것이 아니다. 상대가 성의밖에 보일 수 없을 만큼, 마사츠구 씨는 지금껏 분투하며 살았다. 그런 과거의 자기 자신을 신뢰하고 있다.

"흠."

그때, 근처에 벼락이 떨어진 소리가 났다.

마사츠구 씨가 희미하게 소리를 내고 창문을 봤다. 나도 덩달아 창밖을 봤다.

"비가? 언제부터 왔지……."

"식사를 시작했을 즈음부터 내리기 시작했답니다. 토모나리 씨는 긴장한 나머지 눈치채지 못한 것 같지만요."

텐노지 양이 어이없다는 투로 말했다.

말씀하신 대로, 전혀 몰랐습니다.

"호우 경보가 나왔군. 오늘 아침 뉴스에서는 조금 내린다고 들었는데……."

마사츠구 씨가 손에 든 태블릿을 보면서 말했다.

"아버님……."

"그래. 그게 좋겠군."

텐노지 양과 마사츠구 씨가 뭔가 눈짓으로 신호를 주고받고 있었다.

마사츠구 씨는 태블릿을 테이블에 두고 나를 봤다.

"토모나리 군, 오늘은 우리 집에서 자고 가게나."

"네……?"

갑작스러운 제안에 무심코 되묻고 말았다.

(생활력 없음)

"자고 가라고요……? 그, 그래도 되나요?"

"그래요. 이런 날씨에 손님을 밖에 내보내는 것이 더 실례랍니다."

텐노지 양이 당연하다는 듯 말했다.

그 발상은 이해할 수 있다. 그렇지만…….

"죄송합니다……. 잠시 상의해 보겠습니다."

그렇게 말한 나는 자리에서 일어나 시즈네 씨에게 전화했다.

『네. 무슨 일이시죠?』

곧바로 시즈네 씨가 전화를 받았다.

"사실은──."

나는 텐노지 양에게 숙박 제안을 받았다는 것을 설명했다.

『그렇군요. 뭐, 비가 이렇게 오니까요. 저도 어느 정도는 예상했습니다.』

처음 예정에 따르면, 공부 모임을 마치고 시즈네 씨가 마중을 나올 터였다. 그러나 텐노지 양은 이런 빗속에서 차를 보내게 하는 것이 미안하다고 생각한 거겠지.

『다행히 내일은 휴일이고, 일정 문제도 없습니다. 그러나 그랬다간 아가씨께서…….』

시즈네 씨가 말끝을 흐린다.

"히나코가, 어떻다는 거죠?"

『…………무척 토라지실 것을, 쉽게 상상할 수 있으니까요.』

그러고 보니 오늘 점심시간에도 히나코는 왠지 못마땅한 기색으로 '자고 올 거야?' 라고 물어봤다. 비상시의 어쩔 수 없는 조치라고는 하나, 오늘 중으로 돌아가겠다고 한 약속을 어긴 셈이니까 죄책감이 든다.

"저기 말이죠. 이걸로 히나코의 기분이 풀릴지는 잘 모르겠지만……."

운을 떼고, 시즈네 씨에게 제안한다.

"사실은 말이죠. 오늘은 텐노지 양의 부친…… 마사츠구 씨께서 제 식사 예절을 보증해 주셨어요. 그러니까 내일은 예정대로 준비해 주시면……."

『알겠습니다. 준비해 두죠.』

소소한 사전 논의를 마친다.

시즈네 씨는 보고할 때나 연락할 때, 상의할 때 효율적이라서 고맙다.

『아무튼 숙박 문제는 없습니다. 결례를 범하지 않게 조심해 주세요.』

"네."

그렇게 말하고, 나는 시즈네 씨와 통화를 끊었다.

다음으로는 다시 텐노지 부녀가 기다리는 식탁으로 간다.

"오래 기다리게 했습니다. 괜찮다고 하니까, 오늘은 신세를 지겠습니다."

"그래! 그렇다면 바로 객실을 준비하지!"

마사츠구 씨가 즐겁게 말하자 근처에 있던 사용인이 잽싸게 어딘가로 이동했다. 아마도 내 객실을 준비하러 간 거겠지.

"나는 지금부터 할 일이 있네. 토모나리 군은 편히 지내게."

(생활력 없음)

"네. 감사합니다."

자리를 뜬 마사츠구 씨에게, 나는 최대한 성의를 담아 감사의 마음을 전했다.

오늘은 귀중한 경험을 할 수 있었다. 아까 마사츠구 씨에게 받은 조언도 다음에 잘 살리고 싶다.

"그러면 토모나리 씨, 객실로 안내하겠어요."

텐노지 양의 안내를 받아 객실로 이동한다.

역시나 텐노지 가문답게, 프런트만이 아니라 객실로 통하는 통로도 호화로운 분위기다.

"여기가 토모나리 씨가 머물 방이어요."

텐노지 양이 방문을 열었다.

문 너머에는 TV와 소파가 있는 원룸 크기의 방이 있었다. 이것만으로도 충분히 여유가 있는 공간인데, 보아하니 안쪽에 침실 전용의 방까지 있는 듯하다.

"넓군요……."

"그래요? 이 정도는 평범하다고 보는데요."

텐노지 양은 신기한 듯이 말했다.

냉정하게 생각해 보면, 나는 코노하나 가문에서 산다고 해도 사용인용 방을 쓴다. 코노하나 가문도 객실은 이만큼 넓겠지.

"그리고 저기 옷장에 갈아입을 옷이 있으니까 대욕탕을 이용할 때는 잊지 마셔요."

"대욕탕……? 어? 제가 써도 되나요?"

"당연하답니다. 그보다도 꼭 이용해 주셔요. 우리 가문에서 자랑하는 욕탕이랍니다."

텐노지 양이 가슴을 펴고 말했다.

그렇게 말한다면 이용해 보자.

"그러면 저는 목욕하러 가겠어요. 무슨 일이 있으면 근처에 있는 사용인에게 말하세요."

"알겠습니다."

텐노지 양이 방을 나선다.

문이 닫히자마자, 작게 한숨을 쉬었다.

"여러모로 예상하지 못한 일이 많이 생기는 하루네……."

일단은 여자 집에서 자는 셈인데…… 집 규모가 너무 커서 별로 그런 실감이 들지 않는다. 물론, 다른 의미로는 긴장하고 있지만.

"뭐, 그래도 얻은 것은 있었어."

마사츠구 씨에게 보탬이 되는 이야기를 들은 것은 큰 수확이다.

게다가 앞으로도 히나코의 시중 담당으로 일할 것을 생각하면, 언젠가는 이번처럼 다른 사람의 집에 초대받을 일도 있겠지. 이것은 그 예행 연습이 될 수 있다.

"나도 목욕이나 하러 갈까……."

조금 마음을 차분히 가라앉히고 싶다.

텐노지 양이 자랑한 목욕탕에서 느긋하게 있어 보자.

방에 있는 목욕 가운을 챙긴 나는 객실에서 조금 걸어야 하는 곳에서 대기하던 사용인에게 대욕탕으로 안내받았다. 탈의실에서 옷을 벗고, 조금 두근거리는 기분으로 욕탕 문을 연다.

"오오…… 이건 정말로 자랑하고 싶어질 목욕탕인걸."

텐노지 저택의 대욕탕은 별저라는 생각이 들지 않을 만큼 내부가 호화로웠다.

학교 수영장과 비슷한 크기의 욕탕이 두 개 있고, 나아가 노천탕까지 딸렸다. 물이 나오는 곳이 황금색 사자일 것은 다소 예상했지만, 정말이지 크고 눈에 띄는 장식이었다.

"천장…… 높은데."

수증기가 구름처럼 천장 근처에 몰렸다.

평소에는 볼 수 없는 광경을 즐기면서, 몸을 가볍게 씻은 나는 물에 몸을 담갔다.

"하아………… 살 것 같다."

딱히 죽을 것 같았던 건 아니지만.

혼자 있을 때는 다들 하는 소리를 한마디 중얼거리고 만다.

그러고 보니 혼자서 목욕하는 것은 오랜만이다. 시중 담당이 된 뒤로는 언제나 히나코와 함께 목욕했으니까 오늘은 평소보다 마음이 편했다.

혼자서 느긋하게 목욕하는 것도 나쁘지 않다.

나쁘지는 않지만, 역시 뭔가 적적한 느낌도 든다. 이러니저러니 해도 나는 히나코와 같이 목욕하는 것에서 편안함을 느끼는 걸지도 모른다.

"어머나……?"

그때 등 뒤에서 여자 목소리가 들렸다.

너무나도 예상을 벗어나는 바람에 무심코 경직했다. 목소리가 난 쪽을 자세히 보니 수증기 속에 사람의 윤곽이 드러난 것을 깨달았다.

"서, 설마…… 텐노지 양?"

"네, 맞아요."

참으로 침착한 투로 대답하는 소리를 들었다.

하지만 그것은 내가 아는 텐노지 양의 목소리가 아니었다. 비슷하지만, 조금 다르다. 말투도 평소와 다른 것 같았다.

수증기 너머에서 누군가가 다가왔다.

그 인물은── 갈색 머리를 뒤로 묶은 젊은 여자였다. 상기해서 발개진 뺨과 윤기가 나는 피부에 맺힌 물을 보고 무심코 시선을 돌린다.

그러나 그 여자는 비명을 지르지도 않고, 그렇다고 이 자리를 뜨는 일도 없이 오히려 내게 더욱 다가왔다.

"어머나, 이런 데서 보네요. 우후후. 재밌는 첫 대면인걸요."

차분한 분위기를 드러내는 그 여자는 손으로 입을 가리면서 미소를 지었다.

"당신이 토모나리 씨군요. 처음 뵙겠어요. 나는 텐노지 하나미, 미레이의 엄마예요. 딸이 평소 신세를 지고 있어요."

"아…… 저기, 토모나리 이츠키라고 합니다. 저야말로, 텐노지…… 미레이 양에게 평소 신세를 지고 있습니다."

"어머나, 예의 바른 아이네~."

경직한 나를 아랑곳하지 않고, 하나미 씨는 감탄한 기색으로 웃음을 띠었다.

동급생의 어머니치고는 매우 젊다. 20대 초반으로만 보이는 외모다. 목욕하러 온 것이니까 화장도 지웠겠지. 그런데도 이렇게 젊어 보이니까, 솔직히 말해서 텐노지 양의 모친이라고 해도 믿기 어렵다.

"토모나리 씨는 참으로 열심히 공부하는 분이라고, 미레이에게 자주 들었단다. 객실만이 아니라, 이 저택에 있는 것이라면 뭐든지 편하게 쓰렴."

"가, 감사합니다."

칭찬을 들어서 무심코 나도 머리를 숙였다.

그랬다가 잠시 후, 나는 정신을 차렸다.

"아니지! 그보다도! 여기는 남탕으로 아는데요!!"

"어머나? 그게 정말이니?"

하나미 씨는 태평하게 고개를 갸우뚱했다.

어째서 이 사람은 알몸 남자를 앞에 두고 이렇게 차분할 수 있을까?

"정말이라고, 생각하는데요."

"어머머~ 그것참 난처하구나."

내가 훨씬 더 난처하다.

손님인 나라면 모를까, 이 집을 잘 알 터인 눈앞의 여자가 남탕과 여탕을 착각할 리가 있을까? 오히려 내가 이상한 게 아닐까 싶은 착각마저 든다.

"기왕 이렇게 되었으니까, 같이 목욕하자꾸나~."

"네?!"

머리가 아찔해졌다.

거리감을 잘 모르겠다. 설마 이 사람은 나를 초등학생 정도의 아이로 보는 걸까?

"토모나리 씨?"

당혹스러울 때, 벽 너머에서 소녀의 목소리가 들렸다.

"그 목소리는…… 텐노지 양?"

"네, 맞아요."

텐노지 양(진짜)다!

다행이다. 텐노지 양이라면 이 상황을 어떻게든 해 줄지도 모른다.

"그보다 무슨 일이어요? 참 소란스러운 것 같은데요……."

벽 너머에 여탕이 있는 듯하다.

텐노지 양이 걱정하는 투로 말하자, 나는 최대한 하나미 씨에게 눈길을 주지 않으면서 설명하려고 했다.

"아, 사실은——."

"어머나, 미레이. 그쪽에 있구나?"

내가 설명하기도 전에 하나미 씨가 말했다.

한순간 시간이 멈춘 것 같았다. 벽 너머에 있는 텐노지 양은 말하지 않는다. 물방울이 똑똑 떨어지는 소리만이 괜스레 크게 들렸다.

"어, 어머님?! 왜 거기 계셔요——?!"

재가동한 듯한 텐노지 양이 큰 소리로 말했다.

"미안해~ 미레이. 내가 깜빡 실수했나 봐."

"이이이, 이번만큼은 웃고 넘어갈 수 없어요! 바로 거기서 나와 주셔요! 모친의 맨살을 남자 동급생에게 보이다니, 흑역사를 피할 수 없어요!!"

그야 그렇겠죠…….

"어~. 하지만 좋은 기회니까, 나는 토모나리 씨랑 여러모로 이야기하고 싶어~."

"어머님!!"

"차라리 미레이도 이쪽으로 오면 되지 않겠니?"

"어머님?!"

"토모나리 씨, 몸이 참 좋은걸?"

텐노지 양의 대꾸가 멈췄다.

잠시 후, 탈의실 쪽에서 우당탕 하는 발소리가 들리고――.

"어머님!!"

큰 소리가 나고, 텐노지 양이 남탕 문을 열었다.

그쪽을 돌아본 나는―― 곧바로 눈을 돌렸다.

텐노지 양은 알몸에 목욕 수건 하나만 걸친 차림이었다. 히나코와 다르게 발육이 좋은 텐노지 양은 목욕 수건으로 몸을 가려도 여러모로 위험해서 똑바로 볼 수 없다. 게다가 목욕 중이어서 그런지 지금의 텐노지 양은 평소와 다르게 머리를 내렸는데, 그것이 묘하게 어른스러워 보이는 나머지 무심코 눈길을 빼앗길 뻔했다.

"자, 어서! 바로 여기서 나가요! 어, 어머님도 여자니까, 조금은 조신하게 행동해 주셔요!!"

"알았어. 얘도 참 못 말리겠구나."

그렇게 말한 하나미 씨가 일어선다.

곧바로 눈을 감으려던 나는 그 직전에 시야 한쪽에 비친 하나미 씨가 알몸이 아니라는 사실을 깨달았다.

"수, 수영복…………?"

"엄마는 조금 전에 수영장에 있었으니까, 그대로 목욕하러 왔어~. 알몸은 좀 부끄럽잖니?"

말문이 막힌 텐노지 양에게, 하나미 씨가 뒤늦게 설명했다.

아니, 당신이 수영복 차림이어도 나는 알몸인데요…….

"그보다도 미레이……. 너야말로 조신하게 행동하는 게 좋지 않겠니?"

하나미 씨가 텐노지 양을 보고 말했다.

허둥대는 바람에 자신의 어떤 차림인지 미처 몰랐던 거겠지. 텐노지 양은 시선을 내려서 자신이 목욕 수건만 한 장 걸친 것을 깨닫더니, 얼굴을 새빨갛게 물들이고——.

"히아아아아아아아아아앙————?!"

널찍한 욕실에, 텐노지 양의 비명이 울려 퍼졌다.

여기에 왔을 때보다도 큰 발소리를 내고, 텐노지 양은 사라졌다.

"어머나, 참 소란스럽구나."

"반 이상은 당신 탓인데요……."

왠지 모르게 즐겁게 미소를 짓는 하나미 씨에게, 나는 한숨을 푹 쉬었다.

"그건 그렇고, 토모나리 씨."

갑자기 하나미 씨가 진지한 얼굴로 나를 봤다.

수영복을 입었다고는 하나, 하나미 씨의 모습은 건전한 남자에게 너무 자극이 강하다. 나는 몸을 하나미 씨에게 돌리면서도 시선을 조금 다른 데 두면서 이야기를 들었다.

"미레이는 학교에서 즐겁게 지내고 있니?"

진지한 투로 꺼낸 질문은 텐노지 양과 관계가 있었다.

모친으로서 딸을 걱정하는 걸까? 어쩌면 하나미 씨는 처음부터 내게 이걸 물어보고 싶었던 걸지도 모른다.

나는 키오우 학원에 있을 때의 텐노지 양을 떠올리고…… 단호하게 고개를 끄덕였다.

"네. 텐노지 양은 언제 어느 때나 당당하고, 어떤 일에도 정직해서…… 아마도 매일 즐겁게 지내고 있을 겁니다."

"그러니……? 그러면 다행이야."

하나미 씨는 부드럽게 웃음을 띠었다.

그 표정은 정말로 진심으로 안도한 것처럼 보였다.

목욕탕에서 한바탕 소동이 있고 나서, 나는 객실로 돌아가 공부하고 있었다.

"아무튼 오늘 목표량은 이걸로 다 끝났네……."

시즈네 씨에게 받은 예습, 복습 목표량을 끝마쳤다. 요새는 텐노지 양에게도 배우고 있어서 시즈네 씨의 목표량은 조금 줄어들었다. 그래도 집중해서 임하지 않으면 시간을 많이 잡아먹기 때문에 긴장을 풀 수는 없다.

"조금만 더, 애써 볼까……."

평소와 다른 환경에서 공부해서 그런지 집중이 잘된다. 적절한 긴장은 태만과 졸음을 멀리해 주는 것 같았다.

정신을 다시 바짝 차리고, 교과서 페이지를 넘긴다.

그때, 문을 두드리는 소리가 났다.

"실례하겠어요."

열린 문에서 실내복 차림의 텐노지 양이 나타났다.

"텐노지 양?"

"허브티를 탔으니까, 괜찮으면 함께해요."

한 손에 쟁반을 든 채로 텐노지 양이 말했다.

쟁반에 놓인 두 개의 컵 중에서 가까운 쪽에 있는 것을 받았다.

"감사합니다."

컵 표면에서 올라오는 김이 코에 닿는다.

마음이 편해지는 향기가 났다.

"정말로 열심히 공부하는군요."

텐노지 양이 책상에 있는 교재를 보고 중얼거리듯 말했다.

"그 정도는 아닌데요……. 언제나 이런 일정으로 지내니까 공부하지 않으면 불편할 뿐이에요."

"역시 당신은 실적이 필요해요……."

허브티를 한 모금 마시고, 텐노지 양이 말했다.

"그토록 노력하는데도 아직 자신감이 생기지 않는 것은, 자기 자신이 납득할 성과를 내지 못했기 때문이겠죠. 다음 달 실력고사에서, 어떻게든 상위권에 들어가야 해요."

"노, 노력하겠습니다."

마사츠구 씨에게도 실적을 만들 필요가 있다는 말을 들은 참이다. 그 말대로 키오우 학원에서 성적 상위권에 들어가면 가슴을 펴도 될 실적이 되겠지.

의욕이 가득해지면서, 나는 텐노지 양을 존경하는 마음이 생겼다.

텐노지 양은 평소에도 항상 그런 의식으로 행동하는 거겠지. 평소의 당당한 언동은 아무것도 없는 것에서 생기지 않는다. 지금까지 한 노력이 평소의 태도를 낳는 것이리라.

그런 식으로 생각하면, 다시 텐노지 양을 보니…… 평소와 다른 인상이 들었다.

"왜 그러셔요?"

"아뇨, 그게…… 머리를 풀어서 내린 모습은 처음 봐서요."

"그러고 보니 그러네요. 학교에서 그럴 일은 거의 없고…… 지금은 목욕한 직후니까요."

사실은 목욕탕에 달려왔을 때도 머리를 내린 모습을 목격했지만, 그때는 차림이 그래서 금방 눈을 돌렸다.

다시 보니 머리를 내린 텐노지 양은 평소보다 어른스럽게 느껴진다. 당돌함이 겉으로 드러나는 평소 모습과 다르게, 이지적인 인상이 든다. 그 격차가 참으로 매력적이어서 무심코 시선이 고정되고 말았다.

"하하~앙. 혹시…… 제게 정신이 팔린 것이어요?"

텐노지 양은 능글맞게 웃으면서 말했다.

정곡을 찔려서 말문이 막힌다. 부정하고 싶었지만, 이미 늦었겠지.

"저는 텐노지 양과 다르게, 이런 상황에 익숙하지 않으니까요……."

시선을 돌리고 변명하듯 말했다.

"그건…… 저도 마찬가지여요."

텐노지 양이 조용히 말했다.

"아까는, 허세를 부렸을 뿐이어요. 저기…… 저도 다소는 동요했어요. 남자를 집에서 묵게 하는 것은 이번이 처음이고…… 모, 목욕탕에서 그런 일도, 있었으니까요."

얼굴을 붉게 물들이면서 말하는 텐노지 양.

평소 당당한 언동에서는 도저히 상상할 수 없을 만큼, 순진한 처녀답게 쑥스러워하는 그 모습을 본 나는 무의식중에 침을 꿀꺽 삼켰다.

──이러면 안 된다.

왠지 모르게 분위기가 매우 어색해졌다.

잘 모르는 긴장감이 밀려든다. 몇 시간 전, 마사츠구 씨와 같이 식사했을 때보다도 차분해질 수가 없다.

머릿속이 새하얗게 되었을 때, 나는 책상 위에 있는 허브티를 봤다.

(생활력 없음)
~영애들이 다니는 명문 학교에서 제일가는 **아가씨**를 남몰래 돕는 시종 담당이 되었습니다~ 2

이걸 마시고 침착함을 되찾자. 그렇게 생각하고 컵을 입에 대는데——.

"아뜨——?!"

허겁지겁 허브티를 마시려고 한 결과, 혀끝이 타는 듯한 통증을 호소했다.

"괘, 괜찮아요?!"

텐노지 양도 허둥지둥 걱정했다.

화상을 입을 만큼 심했던 건 아니다. 혀가 잘 움직이지 않아서 시선으로 '괜찮다.'라고 전하려고 했더니, 텐노지 양과 눈이 마주쳤다.

서로 동그랗게 뜬 눈을 보고 무심코 웃음을 터뜨린다.

어색한 분위기는 어느새 사라졌다.

"참…… 이런 기분이 든 건 오랜만이어요."

텐노지 양이 미소를 지으면서 말했다.

"생각해 보면 당신은 처음 만났을 때부터 내 마음을 휘저었었죠. 코노하나 그룹은 알면서 텐노지 그룹을 모른다든지…….제, 제 머리가 염색한 것이라는 망언을 입에 담는다든지."

"아니, 그건 지금도 의문인데요."

"입 다물어요."

딱 잘라 말하는 바람에 입을 다물었다.

마사츠구 씨도, 하나미 씨도 금발이 아니었다. 일반적인 동양인의 특징을 생각하면 역시 텐노지 양은 머리를 물들인 것이리라.

"이런 말을 할 기회는 좀처럼 없으니까 이참에 하겠어요…….
당신에게는 감사하고 있답니다. 티파티나 공부 모임처럼, 당신
과 만나고 나서부터 제 학생 생활은 한층 충실해졌어요."

말투에서 감사의 뜻이 전해진다.

눈길이 빼앗길 것 같은 웃음을 띠면서, 텐노지 양은 계속해서
말했다.

"게다가 당신은 겉보기와 다르게 근성이 있으니까요, 함께 있
으면 저도 의욕이 생긴답니다. 당신이 다음 실력고사에서 상위
한 자릿수 등수에 올라가면, 졸업 후에는 제 오른팔로 기용해
주겠어요."

"그건…… 좀 가망이 없을 것 같네요."

"지금부터 기운이 없어서는, 정말로 가망이 없겠군요."

쓴웃음을 짓는 내게, 텐노지 양은 농담조로 말했다.

"하지만 텐노지 양과 함께 일하면 즐거울 것 같네요."

그런 식으로 생각한 바를 말하자 텐노지 양이 눈을 휘둥그레
떴다.

"그, 그래요?"

"네. 요즘은 텐노지 양 덕분에 즐겁게 공부할 수 있어서, 이런
식으로 일할 수 있다면 좋을 것 같아요."

장래는 전혀 생각해 보지 않았지만, 텐노지 양의 부하로 일한
다면 그럭저럭 즐겁게 살 수 있으리라. 아르바이트 경험이 풍부
한 나는 알 수 있다. 텐노지 양은 분명 좋은 상사가 될 것이다.

"후, 후후후……!! 그래요! 그렇죠! 저를 따라올 수만 있다면,

(생활력 없음)

충실한 인생을 보증하겠어요!"

텐노지 양은 힘껏 가슴을 펴고 말했다.

어지간히 기뻤는지 뺨은 살짝 홍조를 띠었고, 눈은 초롱초롱 빛나고 있었다.

"뭐, 현실적으로 생각했을 때, 토모나리 씨가 제 아래에서 일하려면 텐노지 그룹의 채용 시험에 합격할 필요가 있으니까………… 아, 아니죠. 하지만 키오우 학원의 추천서만 받는다면………… 혹은 이참에 제 약혼자가 되면 비서 자리를 약속할 수 있으니까……."

"약혼자?"

"아아아아, 아무것도 아니어요! 자자, 잠시, 미래를 너무 멀리 생각했을 뿐이어요!"

허둥대는 텐노지 양을 보고, 나는 고개를 갸우뚱했다.

"어머…… 너무 오래 있었군요."

텐노지 양이 시계를 보고 중얼거렸다.

"그러면 마지막으로, 우리의 구호를 정해 보아요!"

"구호를, 말인가요?"

"그래요. 예로부터 큰 싸움이 있을 때는 군단의 사기를 높이기 위해서── 외치는 말이 있답니다. '에이! 에이! 오!' 나 '적은 혼노지에 있다!' 가 유명해요."

"아하, 그런 것을 만드는 거군요."

'에이! 에이! 오!' 를 말하는 텐노지 양이 조금 귀여웠다.

"그러면 저를 따라 하세요."

내가 고개를 끄덕이자 텐노지 양은 눈을 부릅뜨고 우리의 구호를 말했다.

　"타도, 코노하나 히나코!!"

　"타도, 코노하나————네?!"

　"왜 그러셔요?"

　"아뇨, 저기…… 구호를 정말 그걸로 할 겁니까?"

　"그럼요! 제게 딱 어울리지 않나요!"

　내가 그 구호를 썼다간 지금 직장에서 잘릴 것 같은데요…….

　아니다. 어쩔 수 없지. 사정을 설명할 수도 없으니까, 지금은 장단에 맞춰 줄 수밖에 없을 것이다.

　"그러면 시작해 보아요."

　텐노지 양이 숨을 흑 들이마셨다.

　"타도, 코노하나 히나코!!"

　"타, 타도, 코노하나 히나코!!"

　미안해, 히나코.

　다음 날 아침. 텐노지 저택에서 아침 식사를 마친 나를 저택 밖에서 검정 리무진이 맞이했다.

　"안녕히 계세요. 고마웠습니다."

　일부러 밖으로 배웅을 나온 마사츠구 씨와 텐노지 양에게, 나는 머리를 깊이 숙였다. 하나미 씨는 일이 있어서 배웅하러 나오지 않았지만, 저택을 나설 때 가볍게 인사를 주고받았다.

　"다음에도 또 와 주셔요."

(생활력 없음)
~영애들이 다니는 명문 학교에서 제일가는 **아가씨**를 남몰래 돕는 시중 담당이 되었습니다~ 2

"그래! 기다리고 있으마!"

두 사람에게 배웅을 받으면서 차를 탄다.

물론, 이 차는 코노하나 가문에서 마련해 준 것이다. 텐노지 가문 사람들은 내가 앞으로 자기 집에 간다고 생각할 테지만, 실제로는 히나코와 시즈네 씨가 있는 코노하나 가문의 별저로 간다.

운전사가 "출발하겠습니다."라고 짤막하게 말하고 차를 움직였다.

시즈네 씨는 텐노지 양이 코노하나 가문의 메이드로 얼굴을 기억했을 가능성이 있어서 이번에는 동행하지 않았다.

그건 그렇고…… 유의미한 하루였다.

텐노지 양에게는 나중에 보답하자. 창밖 경치를 보면서 그렇게 생각했다.

손님을 태운 차가 저택을 벗어나는 것을 지켜본 다음, 마사츠구는 미레이를 봤다.

"미레이. 저 아이와는 친한가?"

"네. 학급은 다르지만, 교류는 많답니다."

아버지의 물음에 미레이가 긍정한다.

"게다가…… 토모나리 씨에게는 도움을 받은 적도 있으니까요."

미레이는 지난달에 있었던 일을 떠올렸다.

텐노지 가문의 위광은 강하다. 그 까닭에 키오우 학원에서도 존경받을 때도 많지만, 동등한 위치에서 나란히 담소하는 기회는 별로 없었다.

그런 상황을 바꿔 준 사람이 이츠키다. 이츠키는 미레이를 티파티나 공부 모임에 불러 주었다. 게다가 경쟁자로 보는 한편, 가능하다면 교류하고 싶다고 생각했던 코노하나 히나코와의 접점도 만들어 주었다.

최근의 공부 모임도 발단은 이츠키다.

공부 모임을 거치면서 미레이는 성적이 올랐고, 사이좋은 친구도 사귈 수 있었다. 지금이야 이츠키가 미레이 앞에서 겸손한 태도를 보이지만, 미레이도 속으로는 이츠키에게 매우 감사하고 있다.

게다가──.

『텐노지 양과 함께 일하면 즐거울 것 같네요.』

설마 그토록 기쁜 소리를 할 줄은 몰랐다.

항상 자신만만하게 보이는 미레이도 장래에 불안이 전혀 없는 것은 아니다. 히나코에게 경쟁심을 불태우는 것도 학교에서 패배하면 미래에도 계속 패배할지 모른다는 불안이 겉으로 드러난 것이다.

그래서 어젯밤에 들은 이츠키의 말은 기뻤다.

의연한 태도를 지키는 한편으로, 마음속 깊은 곳에서는 감출 수 없는 불안을, 이츠키가 찾아내서 불식해 준 것이다.

(저도…… 토모나리 씨와 함께라면 어떤 일이라도 극복할 수 있을 것 같아요.)

그런 식으로 미레이가 사색에 잠겼을 때.

마사츠구는 "흠." 하고 작게 소리를 내면서 턱수염에 손을 댔다.

"그건 남녀의 관계일까?"

"네에?! 그, 그러니까, 그런 불순한 관계가 아니어요!!"

미레이는 얼굴을 새빨갛게 만들고 부정했다.

갑작스럽게 농담을 들었다고 생각한 미레이는 "참." 하고 입술을 삐죽였지만——.

"흠. 그렇다면 다행이구나."

마사츠구는 진지한 얼굴로 고개를 끄덕였다.

"사실은 미레이 너와 상의하고 싶은 일이 있어서 말이다. 슬슬, 너도 약혼자를 정해야 할 것 같구나."

갑작스러운 제안이었다.

미레이는 눈을 휘둥그레 뜨고 되물었다.

"약혼자를…… 말이어요?"

"그래. 예전부터 검토했는데, 너한테는 아직 이르다고 보고 잘 전하지 않았구나. 그런데 요전번 사교계에서 코노하나 가문의 대표를 만나서 이야기할 기회가 생겨서 말이다. 그때 딸아이의 약혼 이야기가 나왔는데, 그쪽은 적극적으로 생각하는 것 같더구나. 딸에게 나쁜 벌레가 다가오지 않게 하는 조치라고 하더군."

마사츠구는 진지한 표정으로 말을 이었다.

"앞으로 텐노지 가문의 위광을 원해서 여러 사람이 네게 접근

하려고 하겠지. 물론 개중에는 악의를 품고 다가가려는 자도 나타날 게다. 그런 미래의 일을 생각하면, 코노하나 가문의 생각에도 일리가 있다는 생각이 들어서 말이다. 나로서는 역시 시기상조인 것 같기도 하지만…… 네게 그럴 마음만 있다면 괜찮겠다고 판단했다."

듣자니 약혼자를 정했다는 소식은 아닌 듯하다.

텐노지 그룹의 영애로 자란 이상, 언젠가 누군가와 약혼할 것이라고는 생각했었다. 그러나 그것은 조금 더 나중일 예정이라고 미레이는 기억하고 있다.

애초에 미레이에게 중요한 것은 타이밍이 아니다.

중요한 것은——.

"텐노지 가문에…… 보탬이 될까요?"

어째서인지 목소리가 떨리고 말았다.

직전의 나약한 음성을 지우듯이, 미레이는 다시 아버지에게 물었다.

"제가 약혼하면, 텐노지 가문에 공헌할 수 있을까요?"

"음…… 그야 뭐, 계획은 짜기 쉬워지겠지."

상류계급의 혼인은 기존 연줄의 강화로 써먹을 수 있다. 가까운 기업의 아들과 약혼하면 장래의 거래가 이전보다 더 원활하게 이루어지리라. 상대가 장래의 가족이라면 기업 사이의 불화와 같은 위험도 비교적 쉽게 피할 수 있으므로, 매수나 합병 등의 대규모 이야기로도 발전하기 쉽다.

"그렇다면 당연히——."

미레이는 언제나 그렇듯.

망설이지 않고, 당당하게 웃음을 띠면서 대답했다.

"──받아들이겠어요."

"다녀오셨군요."

코노하나 저택에 도착하자 시즈네 씨가 맞이해 주었다.

"지금 왔습니다. 죄송해요. 어제는 갑자기 외박해서."

"그건 이제 상관없습니다. 과거의 문제보다, 지금의 문제가
중요해요."

지금의 문제?

마치 현재 뭔가 문제에 직면한 것처럼 말하는데…….

"바로 아가씨의 기분을 풀어 주세요. 아가씨께서 몹시 화나셨
습니다."

"어……? 화났다고요?"

매우 난처한 기색으로 말하는 시즈네 씨에게, 나는 고개를 갸
우뚱했다.

토라졌을지도 모른다고는 생각했지만, 설마 화낼 줄이야. 그
러나 화내는 히나코는 도무지 상상하기 어렵다. 히나코라면 난
동을 부리는 일은 없을 테지만…….

히나코의 방으로 가서 문 앞에서 심호흡한다.

그리고 문을 두드렸다.

"히나코, 들어가도 돼?"

"……응."

문 너머에서 뾰로통한 목소리가 들렸다.

정말로 기분이 나쁜 듯하다. 조심조심 문을 연다.

히나코는 침대 위에서 이불을 돌돌 말고 누워 있었다.

내가 방에 들어가자 그 몸이 천천히 움직인다.

"……어서 와, 이츠키."

"그, 그래. 다녀왔——."

"거짓말쟁이 이츠키."

히나코가 내 말을 가로막듯이 말했다.

화난 히나코를 처음 보고, 나는 입을 연 채로 경직했다.

"그날 온다고, 했으면서……."

"아니, 그게 말이지…… 비상사태였으니까……."

"……여자 집에서 잤어."

히나코가 나를 흘겨본다.

"……여자 집에서 잤어."

"뭐, 그야, 여자 집에서 자고 온 건 맞지만……."

그런 식으로 말하면 이상한 오해를 살 것 같으니까, 그러지 말았으면 좋겠다.

성의를 보이기 위해서라도, 다시 사정을 설명하는 게 좋을까?

"저기, 그게 말이지. 처음에는 정말로 그날 귀가하려고 했어. 그런데 어젯밤에 갑자기 날씨가 나빠져서…… 벼락이 친 건 히나코도 알지? 그래서 텐노지 양의 집에서 묵은 것도 어쩔 수 없었다고 할까……."

식은땀을 흘리면서 설명하자 히나코는 말없이 나를 흘겨보기

~영애들이 다니는 명문 학교에서 제일가는 **아가씨**를 남몰래 돕는 시중 담당이 되었습니다~ 2 ^(생활력 없음)

만 했다.

평소보다도 더 표정을 알아보기 어렵다.

"이, 이해해 주었어……?"

"……응."

히나코는 고개를 작게 끄덕였다.

"길게 변명하느라…… 수고했어."

틀렸다.

이건 정말로 화가 나셨다.

"……와."

"어?"

"……이리, 와."

히나코는 뚱해진 얼굴로 침대를 탁탁 때렸다. 옆에 앉으라는 뜻 같다.

침대 옆으로 다가가자 히나코가 갑자기 내 가슴팍에 얼굴을 파묻는다.

"어, 어어? 히나코?"

"……냄새."

불쑥, 히나코가 중얼거렸다.

"이츠키의 냄새가 아니야. 이상해……."

내 냄새가 대체 뭔데…….

그러고 보니 히나코와 처음 만났을 때도 '좋은 냄새가 난다.' 라는 말을 들은 것 같다. 어쩌면 히나코는 후각이 예민한 걸까?

"텐노지 양하고, 밥 먹었지……?"

"그야…… 그랬지."

"텐노지 양의 집에서, 목욕도 했지……?"

"그야…… 그랬지."

식사든 목욕이든, 자고 왔으니까 당연하다.

"텐노지 양하고 같이, 목욕했구나……?"

"아니, 아무리 그래도 그건——."

바로 부정하려고 한 다음 순간.

목욕 수건만 두른 텐노지 양의 모습이 뇌리를 스치고 지나갔다.

"——아."

무심코 소리를 냈다.

"…………아?"

"아니, 그게 말이지……."

"방금 왜 그랬어……?"

틀렸다. 더는 얼버무릴 수 없을 것 같다.

나는 솔직하게 목욕탕에서 있었던 소동을 자백했다.

"우으……! 우으으……!!"

아니나 다를까, 히나코는 얼굴을 붉히고 화냈다.

"안 한다고, 했으면서……!"

"사고! 사고야! 함께 목욕한 게 아니라, 우연히 같은 장소에 있었던 거라고!"

잘 설명했다고 생각했지만, 히나코는 여전히 수긍하지 않았다.

"텐노지 양하고 같이 밥 먹고, 같이 목욕도 하고……… 나랑, 똑같이 했어……! 이츠키는…… 텐노지 양의, 시중 담당이

(생활력 없음)
~영애들이 다니는 명문 학교에서 제일가는 **아가씨**를 남몰래 돕는 시중 담당이 되었습니다~ 2

야……?!"

"아니야. 그렇지 않아! 나는 히나코의 시중 담당이야!"

애초에 히나코와 똑같은 것을 텐노지 양과 한 적은 없다.

같이 식사하기는 했지만, 히나코처럼 직접 먹여 준 것은 아니다. 같이 목욕하기는 했지만, 히나코처럼 머리를 감겨 준 것은 아니다.

"그러면……!"

히나코가 내 옷자락을 잡아당긴다.

"그러면…… 이츠키는, 누구보다도 내 옆에 있어야 해……."

갑자기 기운이 없는 태도를 보이는 히나코를 보고, 나는 조금 동요했다.

불안하게 한 걸지도 모른다. 내가 히나코의 곁을 떠나서 텐노지 양 밑에서 일할지도 모른다고 생각한 걸까. ──그런 일이 있을 리가 없는데.

"괜찮아. 그 정도는, 알아."

"우………… 모르니까, 말하는 거야."

"아니, 잘 알아."

단호하게 말한 직후, 방문이 열렸다.

"실례합니다. 아가씨, 점심 준비가 다 되었습니다."

"……응."

시즈네 씨가 인사하고 말했다.

토라진 히나코도 배고픔은 이길 수 없는지, 느릿느릿 움직여서 침대에서 나와 식당으로 간다.

히나코가 식당에 도착하자 곧바로 사용인이 의자를 뒤로 뺐다. 히나코는 익숙한 기색으로 그 의자에 앉아 냅킨을 무릎 위에 둔다.

그 광경을 보면서—— 나는 히나코의 정면 자리에 있는 의자를 뺐다.

"앞에 앉아도 될까?"

"……이츠키?"

식당으로 따라온 나를 본 히나코가 눈을 휘둥그레 떴다.

지금껏 히나코는 혼자서 식사했다. 그래서 점심을 먹을 시간인데도 내가 근처에 있어서 놀란 거겠지.

"오늘은 이츠키 씨도 함께 식사할 겁니다."

시즈네 씨가 하는 말을 듣고, 히나코는 눈을 더욱 크게 떴다.

시즈네 씨가 나를 본다. 여기부터는 내가 설명하는 것이 나을 것 같다.

"식사 예절을 익힐 때까지는 히나코와 함께 식사해서는 안 된다고 약속했었으니까. 그래서 먼저 텐노지 양에게 식사 예절을 배웠어. 그렇게 해서 겨우 성과를 냈으니까, 오늘은 함께 식사하기로 한 거고."

내가 사정을 설명하자 시즈네 씨가 고개를 끄덕이고 설명을 덧붙인다.

"혹시 모르니 마지막까지 제 눈으로 이츠키 씨의 매너를 확인하겠습니다. 오늘 점심은 디너에 가까운 메뉴예요. 이걸로 문제가 없으면 앞으로는 점심과 저녁 모두 아가씨와 함께 식사해도 문제없습니다."

즉, 이것은 마지막 시험이다.

보아하니 오늘 점심은 이탈리아 요리 같다. 요리가 여럿 있는 것을 보면 딱 봐도 디너에 가까운 메뉴. 하지만 코스 요리처럼 복잡하지는 않다.

제아무리 히나코가 코노하나 그룹의 영애라고는 해도 매일 코스 요리를 먹는 것은 아니다. 그래도 최소한 지켜야 할 매너는 있다.

시즈네 씨가 말없이 나를 쳐다봤다.

나도 안다. ——방심할 순 없다.

왼쪽에서 의자에 앉는다. 테이블 위에는 냅킨이 있었다.

냅킨을 반으로 접고, 다음에는 접힌 부분을 내 쪽으로 오게 무릎 위에 깐다. 입가를 닦을 때는 안쪽 면을 쓰는 것이 매너다. 조심해야 하는 점은, 손수건이나 티슈를 쓰면 매너에 어긋난다는 것이다. '이 냅킨은 쓰기 싫다.' 라는 의사를 표명하는 것이다.

나이프, 스푼, 포크는 바깥쪽부터 사용한다. 오른쪽에 나이프와 스푼이 두 개씩, 왼쪽에 포크가 세 개 있었다. 식전 요리, 수프, 생선, 고기 순서다. 오른쪽에 포크가 없는 점으로 봐서, 오늘 메뉴에는 파스타가 없음을 알았다.

나이프와 포크를 살짝 쥐고, 소리를 내지 않도록 조심하면서 사용한다.

식전 요리인 카르파초를 먹은 다음, 조용히 수프를 먹었다. 수프는 스푼으로 떠서 먹는 것이 기본이다. 컵에 입을 대서는 안 되지만, 양이 줄어들었을 때 컵을 살짝 기울여서 스푼으로 뜨는 것은 문제없다.

지금이 제철인 참돔 그릴을 한 입 먹었을 때, 시즈네 씨는 작게 고개를 끄덕이고 내게서 눈을 뗐다.

합격……이란 뜻일까?

한숨을 슬쩍 쉬고 안도했을 때, 정면에 앉은 히나코가 눈을 동그랗게 떴다.

"이츠키…… 엄청, 성장했어……."

"뭐, 애썼으니까."

생각해 보면 내게 부족했던 것은 자신감일지도 모른다.

마사츠구 씨는 나와 식사하면서 불쾌함을 느끼지 않았다고 말했다.

즉, 그 시점에서 나는 최소한으로 필요한 지식을 익힌 셈이다.

그래도 불안해서 시종일관 쭈뼛쭈뼛했던 것은 내게 자신감이 없었기 때문이다.

매너를 익히는 마지막 과정은──── 자신감이었다.

"히나코만 괜찮다면 앞으로는 되도록 같이 식사하고 싶은데. 어떨까?"

뒤늦게 조금 쑥스러운 소리를 하는 것 같아서 기분이 이상해졌다.

이랬는데 거절하면 인생 최대의 흑역사가 될 텐데……. 그것은 괜한 걱정이었나 보다.

"……응!"

히나코는 활짝 웃었다.

기분이 무사히 풀린 듯하다.

"그러면…… 앞으로는 이츠키도, 편하게 대하는 걸로……."

"응?"

그 말을 듣고 고개를 갸우뚱하자 히나코가 갑자기 자세를 풀었다.

"휴……."

테이블에 턱을 올리고, 히나코는 늘어지게 한숨을 쉬었다.

"저기요, 시즈네 씨. 식사할 때는 매너를 지켜야 한다면서요……?"

"딱히 그런 규칙은 없습니다. 다만 이 식당은 카겐 님께서 찾으실 때도 있으니까, 그때 이츠키 씨의 매너가 나쁘면 나쁜 인상을 주겠죠."

그런 이유였나…….

아무래도 시즈네 씨가 내게 식사 예절을 익히게 한 것은, 내가 카겐 씨에게 나쁜 인상을 주지 않게 하는 것이 목적이었나 보다.

시즈네 씨는 내 처지가 나빠지지 않게 배려해 준 것이다.

"이츠키…… 여기."

히나코가 옆자리 의자를 손으로 탁탁 쳐서 그곳에 앉으라고 재촉한다.

시키는 대로 옆자리에 앉자 히나코가 부드럽게 확 풀어진 웃음을 지었다.

"같이, 먹자……."

평소보다 더 어리게 보이는, 긴장이 풀린 표정. 그것은 히나코가 자연스럽게 있다는 증거였다.

나는 "그래."라고 짤막하게 대답하고, 다시 히나코와 점심 식사를 들기 시작했다.

이렇게 웃는 얼굴을 볼 수 있었던 것도 다 텐노지 양 덕분이다.

월요일이 되면 반드시 고맙다고 말하자.

~영애들이 다니는 명문 학교에서 제일가는 **아가씨**를 남몰래 돕는 시중 담당이 되었습니다~ 2

(생활력 없음)

3장 아가씨의 고민

　다음 날 아침. 평소와 같은 시간에 잠에서 깬 나는 곧장 키오우 학원 교복으로 갈아입었다.

　사용인의 업무를 가볍게 처리한 다음 내 방에 등교용 가방을 챙기러 갔더니, 복도 저편에서 히나코가 걸어오는 것이 보였다.

　식당으로 통하는 하나밖에 없는 복도다. 도중까지 시즈네 씨의 안내를 받은 거겠지.

　"흐아암…… 이츠키, 안녕…… ."

　"그래, 잘 잤어? 지금부터 아침 식사를 하게?"

　"응…… ."

　히나코는 졸린 기색으로 끄덕였다.

　"아침밥도 같이 먹으면 좋은데…… ."

　"아침에는 사용인이 해야 할 일이 있으니까. 이것만큼은 어쩔 수 없어."

　"……나를, 깨우지 않아도 되는데?"

　"그 밖에도 할 일이 있어. 청소라든지, 빨래라든지. 시즈네 씨도 바쁘잖아?"

히나코는 "우응." 하고 납득한 건지 아닌 건지 잘 알아볼 수 없는 말로 대꾸했다.

그런 히나코에게 나는 문득 떠오른 의문을 말했다.

"그러고 보니 여태껏 궁금했는데…… 왜 갑자기 내가 아침에 깨우면 안 된다고 했어?"

"으엑."

히나코가 기묘한 소리를 냈다.

마치 아픈 곳을 찔린 듯한 표정을 지었다.

"그, 그건……."

"그것 말고도, 예전에는 업어 달라거나 안아 달라고 했는데도 요새는 말하지 않잖아……."

솔직히 처음에는 풀이 죽었다. 뭔가 내게 문제가 있는 것이 아닐까 생각했다.

그러나 히나코는 그 뒤로도 나를 신뢰해 주는 기색이었다. 그래서 더더욱 궁금하다. 히나코는 무슨 이유로 요즘 들어 변화한 것일까?

"그, 그런 건, 이제…… 졸업하고, 싶어서……."

"졸업? 무슨 이유라도 있어?"

"있지만…… 나도, 잘 모르겠어……."

꿍꿍대는 소리를 내던 히나코가 마침내 천천히 고백했다.

"……………이츠키가, 하고 싶으면…… 할래."

그 대답은 예상하지 못했다.

뭐라고 할까…… 솔직히 말해서 기분이 나쁘지는 않았다. 그러나 역시 원래라면 대수롭지 않게 해서는 안 되는 일이겠지. 과도한 스킨십은 여러 가지 의미로 위험하다.

"꼭 하고 싶은 건 아닌데…… 이대로 히나코가 시중이 필요 없는 사람이 되면 시중 담당이 있는 의미가 없어질 것 같아서."

"──어?!"

물론 히나코는 아직 저택에서 길을 잃고, 틈만 나면 자려고 하고, 시중 담당의 일은 아직 많지만……. 그런 식으로 생각하면서 쓴웃음을 짓고 말하자 히나코가 갑자기 비극을 목격한 것처럼 얼굴이 새파래졌다.

히나코가 미간에 주름을 잡고 입술을 오물오물 움직인다.

마침내 히나코는 뭔가 결심한 듯한 표정을 짓고 말했다.

"………………안아 줘."

"어?"

"안아 줘…………!"

오랜만에 받은 요구인데, 예전과 다르게 거부를 용납하지 않는 말투였다.

히나코의 변화에 당황하면서도 히나코를 두 손으로 안아서 들려고 했다. 피부가 접촉하는 거리까지 다가가자 히나코는 몸을 옆으로 돌려서 팔로 내 목을 감쌌다.

아무래도 공주님처럼 안아 주기를 원하는 것 같다. 아무리 그래도 그건 좀 부끄러운데…… 오랜만에 안아 달라고 요구하는 것이 조금은 기뻤다.

히나코를 천천히 안아 올린다.

가슴팍 근처에서 보이는 히나코의 얼굴은 새빨갛게 물들어 있었다.

"저기…… 괜찮아?"

"괜찮, 으니까…… 이대로, 식당까지 데려가……."

새빨개진 얼굴을 보이고 싶지 않은지, 히나코는 내 가슴팍에 얼굴을 파묻었다.

그러나 새빨개진 귀는 감추지 못했다.

"나는…… 앞으로도, 이츠키가 시중을 들어 주기를 바라니까……."

내 목깃을 꼭 잡으면서 히나코가 말했다.

그런 히나코를 본 나는 무심코 입가에 미소를 짓고 말았다.

"나도, 히나코의 시중 담당을 그만둘 생각은 없어."

"……응."

히나코는 귀엽게 대답했다.

역시 예전과는 분위기가 다르다. 그러나 싫지는 않았다.

뭐랄까, 마치 나를 남자로 의식하기 시작한 것 같은데——.

"아니지, 설마."

히나코에게도 들리지 않을 만큼 작게 중얼거렸다.

히나코는 나를 신뢰하는 가족처럼 따를 뿐이다.

그렇게 생각하고 나 자신을 설득한 다음…… 나는 히나코를 식당으로 데려갔다.

월요일 방과 후.

~영애들이 다니는 명문 학교에서 제일가는 **아가씨**를 남몰래 돕는 시중 담당이 되었습니다~ 2

식당 근처 카페에서 평소처럼 공부하고 있을 때, 텐노지 양의 펜이 멈춘 것을 눈치챘다.

"텐노지 양?"

"네?…… 아, 아아, 미안해요. 잠시 생각하고 있었어요."

텐노지 양치고는 드물게도 집중이 안 되는 기색이다.

지금만 그런 것이 아니다. 아까부터 텐노지 양은 정신이 다른 데 팔린 것 같았다.

"무슨 일이 있나요? 오늘은 조금 상태가 이상한데요."

"아니어요……. 걱정하지 마셔요. 건강 상태에는 문제가 없답니다."

그렇게 말한 텐노지 양이 내가 쓴 답안지를 빨간펜으로 채점한다.

"모의시험 채점이 끝났어요. 점수는 98점……. 응용문제에 힘을 쏟은 만큼, 기초문제의 복습이 허술해진 것 같군요."

수학 모의시험 채점을 마친 텐노지 양은 곧바로 내 실수를 해설했다.

나는 묵묵히 텐노지 양의 해설을 필기한다.

"다음은 식사 예절의 실전 연습이군요. 저는 그 전에 잠시 손을 씻고 오겠어요."

텐노지 양이 자리에서 일어나 학교 건물 쪽으로 이동한다.

그 뒷모습을 지켜본 나는 다시 고개를 갸우뚱했다.

"역시…… 텐노지 양답지 않게 기운이 없어."

본인은 아무 일도 아니라고 했지만, 아마도 거짓말이겠지.

얼굴색은 딱히 나쁘지 않고, 걷는 모습에서는 어색한 점은 없었다. 그러므로 몸 상태에 문제가 없는 것은 맞겠지만, 어쩌면 뭔가 고민하는 걸지도 모른다.

그러나 본인이 비밀로 하려는 것을 일부러 캐묻는 것은 실례일 것 같다. 억지로 친절을 베푸는 꼴이 되지 않는 정도로는 도움이 되고 싶은데……

그렇게 생각하고 있을 때, 낯익은 인물이 내 앞을 지나갔다.

묶은 검은 머리를 허벅지 언저리까지 기른 그 여학생에게, 나는 말을 걸었다.

"나리카?"

"흠? 이츠키! 이츠키가 아니더냐!"

나를 알아챈 나리카는 눈을 빛내면서 다가왔다.

슬쩍 불러 보기만 했는데도 이토록 기뻐할 줄이야……. 마치 사람을 좋아하는 강아지 같다. 나리카의 등 뒤로 살랑거리는 꼬리가 보이는 것 같았다.

"불렀냐, 이츠키!"

"아니, 부른 게 아니고 말만 걸었는데…… 이런 시간에 학교에 남아서 뭐 해?"

"뭘, 대단한 건 아니다. 우리 회사에서 개발한 제품을 키오우 학원에서 사용할 수 없는지 타진하고 있었다. 우리 집안은 스포츠용품을 만드니까 말이지. 이 학교는 좋은 거래처다."

나리카의 본가인 미야코지마 가문은 스포츠용품 메이커를 경영하고 있다.

아마도 체육 수업에서 쓰는 도구를 영업했던 거겠지.

"그런 일을 했구나······."

"뭐, 이래 보여도 미야코지마의 딸이니까. 칭찬해도 좋다."

"와, 굉장해."

"조금 성의가 없지 않으냐······?"

그렇게 말하면서도 나리카는 기쁜 눈치다.

"그나저나 이츠키. 너야말로 뭘 하는 거지?"

"텐노지 양과 공부 모임을 했어. 실력고사 대책과 식사 예절의 실전 연습을 말이지."

"흠. 그랬군. 중간시험이 끝난 뒤에도 계속 공부하다니, 이츠키와 텐노지 양은 성실하구나."

"그래. 말은 그렇게 해도, 나와 나리카는 성적이 비슷하잖아."

"하긴. 나도 공부하는 게 좋을지 모르겠다."

사실대로 말하자면, 나리카의 성적은 나보다 아래다.

체육과 역사는 만점에 가깝지만, 다른 과목은 낙제점만 면하는 평균 이하였을 터이다.

이야기를 계속할 화제를 잃어서 서로가 침묵한다.

나리카는 왠지 모르게 초조한 기색이었다. 어쩌면 아직 다른 볼일이 있는 걸지도 모른다.

"가는 길에 불러서 미안해. 다음에 또 보자."

"자, 잠깐 기다려 봐라! 지금은 나도 공부 모임에 부르는 흐름이 아니냐?!"

"아니······ 아무 말도 안 했잖아."

~영애들이 다니는 명문 학교에서 제일가는 **아가씨**를 남몰래 돕는 시중 담당이 되었습니다~ 2

"알아서 눈치챌 줄 알았다!"

나리카가 소리쳤다.

그렇게 말해도 말이지…….

"아, 아니면 뭐냐……. 역시 나는 부르기 불편한 사람인 것이냐……?"

"별로 그렇지는 않은데……."

"신경을 써 주지 않아도 된다. 요전번에 같은 반 아이들이 그런 이야기를 하는 것을 들었으니까."

"그건…… 힘들었겠네."

"그래. 무척……………… 힘들었다."

나리카는 울상을 지었다.

하느님. 나리카가 조금만 더 따뜻한 인생을 살게 해 줘도 좋지 않을까요……?

"저기, 오늘 공부는 이미 끝났지만, 다음에는 텐노지 양에게 매너 상태를 봐달라고 할 예정이야. 괜찮으면 나리카도 함께할래?"

"그, 그래도 되겠느냐? 이렇게, 부르기 불편한 사람이 참석해도……?"

"적어도 나는 부르기 불편한 사람으로 생각하지 않고, 텐노지 양도 나리카라면 괜찮을 거야."

"이, 이츠키……! 역시, 내 편은 이츠키밖에 없다……!!"

기왕이면 나 말고도 같은 편을 적극적으로 만들어 주길 바라지만…… 허망한 희망일까.

그렇지만 오늘만큼은 나리카가 공부 모임에 참석해 줘서 고맙다.

역시 텐노지 양의 분위기가 신경 쓰였다. 만약 텐노지 양이 내가 해결할 수 없는 문제로 끌어안고 괴로워한다면, 나리카를 넣음으로써 사정을 털어놓을지도 모른다.

"어머, 미야코지마 양?"

화장실에 다녀온 텐노지 양이 나리카가 있는 것을 알아챘다.

"텐노지 양. 지금부터 있을 매너 연습에 나리카가 참석해도 될까요?"

"그건 상관없지만요……."

텐노지 양이 나리카를 본다.

나리카는 허겁지겁 입을 열었다.

"오, 오늘만이라도 괜찮다! 나도 요새는 집안의 일 때문에 바쁘니까…… 그, 그저, 그게, 가끔은 나도, 학생다운 시간을 보내고 싶다고 할까……."

요컨대 외로우니까 친구가 있었으면 하는 것이다.

텐노지 양도 지난번 공부 모임과 티파티를 거치면서 나리카의 성격을 어렴풋이 파악했는지, 자상한 미소를 짓고 고개를 끄덕였다.

"상관없어요. 그러면 오늘은 가벼운 디너로 할까요."

나리카의 표정이 확 밝아진다.

나와 재회할 때까지 나리카는 대체 어떻게 생활한 걸까……. 궁금했지만, 물어보는 것도 무서워서 그 의문은 마음속 깊은 곳에 봉인했다.

"어?! 이, 이츠키…… 텐노지 양의 집에서 잤냐?!"

카페에서 간단한 식사를 즐기면서 지금까지 있었던 일을 설명하자 나리카가 눈을 휘둥그레 뜨고 놀랐다.

"뭐, 어쩌다 보니 말이지."

"어쩌다 보니 그랬다는 말로 넘어갈 상대가 아니다……! 예, 예전부터 생각했지만, 코노하나 양도 그렇고, 텐노지 양도 그렇고, 뭘 어떻게 하면 그런 거물하고만 친해지는 것이냐……!"

미야코지마 가문의 아가씨인 나리카도 그런 거물에 포함될 텐데도, 본인은 히나코와 텐노지 양과 차원이 다르다고 느끼는 듯하다.

"토모나리 씨가 우리 집에서 묵은 날에 아버지가 토모나리 씨의 매너를 확인했는데, 합격점을 줄 수 있다고 했답니다. 그러니 식사 예절 연습은 오늘부로 일단 끝마치겠어요."

"알겠습니다."

나는 텐노지 양의 계획에 찬성했다.

오늘 실전 연습이 마지막 확인이나 다름없다. 이럴 때 실수하면 매너 공부를 처음부터 다시 해야 하지만…… 텐노지 저택에서 마사츠구 씨와의 식사를 경험해서 그런지 다소의 긴장감은 떨쳐낼 정도의 배짱이 생긴 것 같다.

"그나저나……."

식사하면서, 나는 나리카를 봤다.

텐노지 양만큼은 아니지만, 나리카도 식사 예절이 섬세하다. 나이프와 포크를 가뿐하게 다루고, 수프를 먹을 때도 불편한 소리를 내지 않는다.

"나리카, 너…… 매너를 잘 지킬 줄 아는구나."

"너, 너는! 나를 바보로 아느냐! 아까도 말했지만, 나는 이래 보여도 미야코지마의 딸이다!"

나리카는 얼굴을 붉히고 화냈다.

"풉."

그때 텐노지 양이 웃음을 흘렸다.

"실례했어요. 두 분이 너무 즐거워 보여서 말이어요."

텐노지 양이 눈가에 맺힌 눈물을 손가락으로 훔친다.

아마도, 물어보려면 지금밖에 없을 것이다. ──그렇게 생각하고, 나는 텐노지 양을 보면서 질문했다.

"저기, 텐노지 양. 오늘은 무슨 일이 있었나요? 텐노지 양에게는 여러모로 은혜를 입었으니까, 저라도 괜찮다면 상의할 줄 수 있어요."

그렇게 물어보자 텐노지 양이 확연하게 어두운 표정을 지었다.

하지만 이윽고 결심한 듯, 시선을 낮추면서 입을 연다.

"사실은, 혼담이 들어왔어요."

불쑥 고백한 그 말에, 나와 나리카는 서로 눈을 맞췄다.

나는 평범한 서민으로 자라서 그런 이야기에는 어둡다. 그러나 히나코의── 코노하나 가문의 사정을 통해서 다소는 이해한다고 본다.

〔생활력 없음〕
~영애들이 다니는 명문 학교에서 제일가는 **아가씨**를 남몰래 돕는 시중 담당이 되었습니다~ 2

혼담은 반드시 나쁜 것이 아니다.

그러나 텐노지 양의 표정이 어두운 것으로 봐서는…….

"텐노지 양은, 그 혼담이 달갑지 않다는 건가요……?"

"아니어요. 그렇지는 않답니다."

예상을 뒤집고, 텐노지 양은 부정했다.

"저는 텐노지 가문의 여식이니까, 혼담에 관해서는 어렸을 적부터 각오했답니다. 다만 조금 갑작스러운 이야기라서 놀랐다고 할까요……. 실감이 나지 않아서 혼란스러운 상태여요."

텐노지 양답지 않게 곤혹스러운 눈치다.

"그야…… 우리에게는 숙명이라고 해도 과언이 아닌 고민이겠지."

나리카가 복잡한 표정을 짓고 말했다.

"나리카도, 혼담이 들어온 적이 있어?"

"아니, 나는 아직 없다. 언젠가 이야기를 들을 날이 있겠지만………… 음?! 자, 잠깐만! 오해하지 말아라!! 나는 굳이 따지자면 연애 결혼을 하고 싶다고 할까……. 아, 아무튼, 나는 혼담을 받지 않는다!!"

"그, 그렇구나……."

갑자기 나를 노려보면서 열변을 토하는 나리카에게 당황해서 맞장구를 쳐 줬다.

"게다가 나는 부모님도 혼담에 적극적이지 않아서 말이다. 한 번은 그런 화제가 입에 오른 적도 있지만, 아버지와 어머니 모두 '너한테는 아직 이르다.' 라는 말로 끝내셨다."

"그건…… 나리카를 잘 아시는 부모님이시네."

"무슨 뜻이냐?!"

나는 '억울하다!' 라고 말하고 싶은 듯한 나리카에게서 눈을 돌렸다.

나리카가 맞선을 보는 것을 상상해 본다. 한마디도 주고받지 않고, 끝까지 석불처럼 딱딱하게 굳은 것밖에 상상할 수 없다.

"토모나리 씨는…… 제 혼담을, 어떻게 생각하셔요?"

텐노지 양이 나를 보면서 물어봤다.

조금 생각한 다음에 대답했다.

"우리 집안에서는 혼담에 관해서 이야기한 적이 없어서…… 솔직하게 말하자면 잘 모르겠어요. 다만 텐노지 양에게 좋은 이야기라면, 그때는 응원하겠습니다."

진심으로 한 말이다.

텐노지 양에게는 받은 은혜가 있다. 그러므로 되도록 도움이 되고 싶다.

"두 분 모두, 고마워요. 덕분에 조금은 개운해진 것 같아요."

텐노지 양이 시선을 들고 말했다.

"냉정하게 생각해 보면, 혼담을 받아들인다고 해서 지금까지의 인간관계가 확 변하는 것도 아니니까요……. 제가 너무 복잡하게 생각할 걸지도 모르겠어요."

기운을 차린 텐노지 양의 말에, 나는 고개를 끄덕였다.

"저도 이렇게 텐노지 양과 함께 지내면 즐거우니까, 설령 혼담이 정해져도 이 관계를 유지했으면 좋겠어요."

(생활력 없음)
~영애들이 다니는 명문 학교에서 제일가는 **아가씨**를 남몰래 돕는 시중 담당이 되었습니다~ 2

"나, 나도 그렇다!"

나리카도 동의했다.

그 뒤로 원래 상태로 돌아온 텐노지 양과 식사를 마치고, 우리는 해산했다.

이츠키, 나리카와 헤어진 미레이는 키오우 학원 앞에 정차한 텐노지 가문의 차에 탑승한다.

"고생하셨습니다, 미레이 아가씨."

"네."

사용인이 뒷좌석 문을 열고, 미레이는 차에 탔다.

달리기 시작한 차 안에서, 미레이는 바뀌어 가는 경치를 보면서 아까 있었던 대화를 떠올리고 있었다.

(참…… 둔한 분이셔요.)

아무도 모르게, 작게 한숨을 흘린다.

(혼담이 성사하면, 더는 지금처럼 방과 후에 함께 지낼 수 없답니다…….)

약혼자가 생기면, 약혼자가 아닌 다른 남자와 불필요하게 만나는 것을 꺼리게 된다.

학교 행사라면 또 모를까, 사적으로 같이 시간을 보낼 기회는 필연적으로 줄어들 것이다. 적어도 최근처럼 매일 얼굴을 마주칠 수는 없다.

(그나저나…… 토모나리 씨도, 생각했던 것보다 담백하다고 할까요……. 조금만 더, 뭔가 말해 주셔도 될 텐데…….)

본인에게 좋은 이야기라면 응원하겠다. 이츠키의 그 발언은 성실한 것이기도 하지만…… 왠지 남 일처럼 보는 말처럼 들리기도 했다.

(지난번에는, 그렇게 말했으면서…….)

함께 일하면 즐거울 것 같다고, 이츠키는 말해 주었다.

그것은——학교를 졸업한 뒤에도, 자신과 함께 있겠다는 뜻이 아니었나?

그렇게 생각했을 때, 미레이는 문득 가슴속에 있는 위화감을 깨달았다.

"이상하군요……."

자신은 텐노지 가문을 위해서 살기로 마음먹었는데.

그것을 자신에게 가장 큰 행복으로 여겼는데.

(이 감정은, 대체 뭘까요……?)

신기하다.

이번 혼담 끝에, 자신의 행복이 있으리라곤 전혀 생각할 수 없었다.

방과 후를 텐노지 양과 보낸 뒤로 2주가 지났다.

이 공부 모임은 다음 실력고사까지 할 예정이므로, 마침 오늘이 딱 중간 지점에 온 셈이다.

"오늘부터 댄스 레슨을 시작하겠어요!"

실력고사가 앞으로 2주 남은 그날.

나와 텐노지 양은 체육관에서 마주 보고 서 있었다.

"죄송합니다. 일부러 체육관까지 빌리게 해서요."

"어렵지 않은 일이에요."

나는 키오우 학원 운동복을 입은 텐노지 양에게 고마움을 전했다.

식사 예절 연습도 일단락했으므로, 오늘부터는 사교댄스 연습이 시작되었다. 일단은 시즈네 씨에게 간단하게 지도를 받았지만, 이쪽은 식사 예절과 비교해도 압도적으로 지식과 경험이 부족하다. 솔직히 자신이 없는 분야다.

"그러면 먼저 슬로 왈츠부터 시작해 볼까요."

그렇게 말한 텐노지 양이 체육관 구석에 있는 스피커에서 음악을 틀었다.

왈츠 음악이 흘렀다.

"자, 뭘 우두커니 서 있어요. 빨리 제 옆으로 오셔요."

"아, 네."

사교댄스란 남녀가 마주 보고 밀착하는 춤이다.

뒤늦게 그것을 의식하는 바람에 몸이 뻣뻣해졌다.

"더 가까이 오셔요."

"더, 가까이, 말인가요……?"

이미 텐노지 양과의 거리가 50센티미터도 안 되지만, 반걸음 정도 더 다가간다. 그러자 텐노지 양도 반걸음 다가왔다. 몸이 밀착하고, 부드러운 감촉과 달콤한 향기를 느낀다.

"왼손으로 제 오른손을 잡아 주셔요. 그런 다음에 반쯤 몸을 돌려서……."

필사적으로 번뇌를 억누르면서 텐노지 양의 지시에 따라 자세를 바로잡았다.

오른손을 텐노지 양의 어깨뼈에 대자 텐노지 양이 왼손을 내 팔뚝에 댄다.

"이것이 '홀드' 라고 하는 기본자세여요. 그러면 이 자세를 유지하면서 천천히 춰 보세요."

"어? 하지만 저는 아직 추는 방법을 모르는데요……."

"백문이 불여일견이라는 말도 있답니다. 제가 다리를 이끌 테니까, 토모나리 씨는 신중하게 따라와 주셔요."

텐노지 양이 오른발을 잽싸게 물렸다.

그 움직임에 따라가듯이 왼발을 내민다. 비슷한 동작을 주고받으면서 천천히, 체육관을 반시계 방향으로 돌았다.

"여기서 오른쪽으로 반회전. 좋아요. 그대로 다시 반회전해서…………."

밀착한 몸이 떨어지지 않게 의식하자 어느새 텐노지 양의 움직임에 이끌리듯 춤추고 있었다.

체육관에 울려 퍼지는 음악이 반복 재생을 멈췄을 때, 잠시 춤을 멈췄다.

"어때요? 의외로 출 수 있죠?"

"그러네요. 어렴풋이 전체 흐름을 이해한 것 같아요."

"제가 리드하고 있다고는 해도, 토모나리 씨도 적응이 빠르군요. 운동 신경이 좋은 걸까요."

확실히, 나는 원래 매너나 공부보다 몸을 움직이는 것을 더 잘

~영애들이 다니는 명문 학교에서 제일가는 **아가씨**를 남몰래 돕는 시중 담당이 되었습니다~ 2

한다.

스포츠를 어렵게 여기지 않으니까, 사교댄스는 적성이 좋은 분야일지도 모른다.

"그러면 다시 홀드부터 시작하겠어요."

아까처럼 텐노지 양의 리드에 따라 춤춘다.

사교댄스는 원래 남자가 리드하는 법이다. 텐노지 양은 춤추기 불편할 텐데도 그런 감정을 전혀 표정에 드러내는 일도 없이 계속해서 내 몸을 이끌었다.

"생각했던 것보다 체력을 많이 쓰네요……."

한 시간 정도 춤춘 다음, 나는 운동복 목깃으로 턱에서 떨어지는 땀을 닦으며 말했다.

"그래요. 뭐, 본래는 적절하게 쉬면서 추는 법이지만요."

그렇게 말하고 텐노지 양도 땀을 닦는다.

"자, 연습을 다시 시작하죠. 토모나리 씨, 홀드를 해 보세요."

"네."

몸을 쭉 펴고 두 팔을 벌리자 텐노지 양이 다가온다.

배운 내용을 떠올리고, 홀드 자세를 잡으려고 했을 때── 문득, 깨닫고 말았다.

──비쳐 보인다.

환기가 안 되는 실내에서 계속 춤춘 탓인지 텐노지 양도 적잖이 땀을 흘린 듯하다. 하얀 운동복에 희미하게 노란색 속옷이 비쳐 보였다.

이건…… 직시해서는 안 된다.

댄스를 지도해 주는 텐노지 양에게 경의를 바쳐야 한다. 나는 최대한 시선을 돌리면서 자세를 유지했다.

"저기, 어딜 보시는 거여요?"

엉뚱한 곳을 보고 있을 때, 텐노지 양이 지적했다.

"저를 똑바로 보셔요. 댄스는 몸의 움직임만이 아니라, 시선과 표정도 중요하답니다?"

"그야…… 그건, 그럴지도 모르지만……."

차마 볼 수 없는 사정이 있다. 그러나 그 사실을 전달하기는 어렵다.

어떻게 하면 알아줄까 생각하고 있을 때──텐노지 양이 내 얼굴을 붙잡아 억지로 정면을 보게 했다.

"자, 이렇게 저를 똑바로 보셔요."

눈과 코가 닿을락 말락 하는 곳에 텐노지 양의 얼굴이 있었다.

그 바로 아래에는 땀에 젖어서 피부에 찰싹 달라붙은 운동복이 있다.

"저기…… 텐노지 양. 몹시, 말하기 어려운데요……."

아무리 그래도 이대로 볼 수는 없다.

그렇게 생각한 나는 마음을 굳게 먹고 자백하기로 했다.

"저기………… 옷이, 땀에 젖어서 비쳐 보여요…………."

"옷이요? …………아?!"

그제야 상황을 이해했는지, 텐노지 양이 두 손으로 가슴을 가렸다.

"어어어, 어딜 보는 거여요?!"

"죄송합니다!"

본인이 보라고 했으면서.

텐노지 양이 땀에 젖은 운동복에서 새 운동복으로 갈아입은 다음.

우리는 댄스 연습을 재개하고 추가로 한 시간 가까이 왈츠에 맞춰 춤췄다.

"제법 그럴싸해졌군요……."

"감사합니다."

오른쪽으로 내추럴 턴을, 왼쪽으로 리버스 턴을, 물 흐르듯이 움직인다.

다리를 벌리는 타이밍과 좁히는 타이밍. 두 가지 타이밍이 파트너와 맞지 않으면 댄스가 쉽게 망가진다.

내가 생각했던 것보다 편하게 춤추는 것은 텐노지 양이 내 움직임에 맞추기 때문이다. 다리를 벌리는 각도가 넓어졌을 때도 텐노지 양은 임기응변으로 대응한다. 몸이 참 유연한 거겠지. 텐노지 양의 부드러운 움직임에 따라가는 동안에 내 뻣뻣함도 풀리는 것 같았다.

"오늘은 이쯤에서 끝내요. 첫 연습이기도 해서 조금 힘을 쏟아부은 것 같군요."

"그러네요……. 체력이 이미 아슬아슬합니다."

서로 숨을 고른다.

평소 쓰지 않는 근육을 써서 그런지 나도 무척 피곤했다.

(생활력 없음)

"그, 그건 그렇고……."

짐을 정리하고 있을 때, 텐노지 양이 뭔가 말하기 껄끄러운 투로 말을 걸었다.

"앞으로도 옷이 비쳐 보이는 일이 생기면 최대한 빨리 말해 주셔요. 저기, 나중에 깨달으면 창피하답니다."

입을 오물오물하면서, 텐노지 양이 부끄러운 듯이 말했다.

"아니, 그건…… 되도록 본인이 알아주는 게……. 제가 말하면, 제가 봤다는 뜻인데요……."

"무, 문제가 될 것은 없어요. 토모나리 씨는 그런 사람이 아니라고 믿으니까요……."

그렇게 간단히 믿어서는 곤란하다.

평소 히나코를 접하는 덕분에 다소 내성이 생겼지만, 나도 인내심에는 한계가 있다.

그렇지만 이것은 텐노지 양이 나를 신뢰한다는 증거이리라.

그 신뢰에 부응하기 위해서라도, 나는 고개를 끄덕였다.

댄스에 사용한 도구를 정리하고 체육관을 나서자 오렌지색 햇빛이 얼굴을 비췄다.

바깥은 벌써 노을이 지고 있었다.

"사교댄스는 익숙하지만, 이렇게 오래 춘 것은 처음일지도 모르겠어요."

텐노지 양이 땀이 묻은 머리카락을 슬쩍 쓸면서 중얼거렸다.

"역시 텐노지 양의 집안쯤 되면 사교댄스를 출 기회도 많을까요?"

"사람마다 달라요."

텐노지 양은 걸으면서 설명했다.

"단순한 회식과는 달리, 무도회는 철저하게 준비해야 개최할 수 있는 이벤트니까요. 대부분은 사전에 참가 여부를 묻는 초대장이 온답니다. 사교댄스가 불편한 사람은 대체로 불참을 선택해요."

"그렇군요. 회식과 다르게 거절하기 쉬운 만큼, 댄스를 즐기는 사람과 그렇지 않은 사람으로 나뉘는 거군요."

"그런 셈이어요. 그래도 만약 무도회에 참석할 일이 생긴다면…… 변변찮은 춤을 선보이는 것은 물론이고, 장식처럼 가만히 서 있는 것도 명예롭지 못한 일이어요. 배워서 나쁠 일이 없는 교양의 일종으로 생각해야 한답니다."

그 말에 나는 고개를 끄덕여 동의를 표했다.

"저는 어지간하면 무도회에 불릴 일이 없으니까 언제가 될지 모르겠지만…… 다음 기회가 생길 때까지는 사람들 앞에서 춤출 수 있게 되고 싶네요."

무사히 기술을 습득한 이상, 선보이고 싶어지겠지.

히나코가 참석하는 무도회가 있다면 그곳이 내가 사교댄스로 데뷔하는 자리가 될지도 모른다.

"너무 여유롭게 말할 수는 없어요……."

그때, 텐노지 양이 시선을 내리고 말했다.

"제 혼담이 성사하면 지금처럼 방과 후에 같이 지낼 수도 없어질 거랍니다."

(생활력 없음)

"그런, 가요……?"

"당연해요. 장래를 약속한 남자가 있으니까, 남는 시간은 그분을 위해서 써야죠."

듣고 보면 그럴지도 모른다. 약혼자가 있으니까 다른 남자와 사적으로 자주 만나는 것은 꺼려야 하겠지.

"그건…… 쓸쓸해지겠네요."

무심코 그런 말을 중얼거렸다.

그러자 텐노지 양은 눈을 동그랗게 뜨고 나를 봤다.

"쓸쓸한가요?"

"네. 다시 생각해도 텐노지 양과 함께 뭔가 하는 것은 즐거우니까요. 이런 시간이 없어진다면 솔직히 말해서 쓸쓸해요."

진심을 말하자 텐노지 양은 뺨을 붉히면서 얼굴을 돌렸다.

"그, 그렇, 군요……."

잘 이해할 수 없는 반응을 보이는 바람에 고개를 갸우뚱한다.

너무 스스럼없는 발언이었을까?

"후후……."

내게서 등을 돌린 텐노지 양이 희미하게 웃음소리를 냈다.

"저기, 텐노지 양?"

"아, 아무것도 아니어요."

허둥대는 기색으로, 텐노지 양은 고개를 가로저었다.

"그러면 토모나리 씨, 내일 또 봐요."

"네. 내일 또 봐요."

교문 앞에서 텐노지 양과 헤어진다.

그 뒷모습은 평소보다 즐거워 보였다.

"후후."

이츠키와 헤어지고 저택으로 돌아온 미레이는 자기 방으로 가면서 자연스럽게 웃음을 흘렸다.

"후후후……."

다리가 가볍다. 조금 전까지만 해도 땀을 뻘뻘 흘리고 댄스 연습을 했는데도 그 피로가 어디론가 날아간 듯해서, 신기한 기분이 들었다.

『텐노지 양과 함께 뭔가 하는 것은 즐거우니까요. 이런 시간이 없어진다면 솔직히 말해서 쓸쓸해요.』

이츠키와 헤어진 뒤로 쭉 머릿속으로 그 말을 곱씹었다.

그때마다 가슴이 따스해진다.

(쓸쓸하다고 생각한 건…….)

가슴에 손을 살짝 대고, 미레이는 생각했다.

(즐겁다고 생각한 건…… 저만이 아니었군요.)

이 상쾌한 기분은 자신만이 느끼는 것이 아니었다.

무의식 속에 있었던 감정이 올바르다고 증명된 기분이 들었다. 오해도, 착각도 아니다. 자신은 이츠키와 똑같은 감정을 느꼈다.

(이런 나날을 계속하려면 어떻게 해야…….)

문득, 그런 생각을 했다.

혼담이 성사하면 이츠키와 만날 기회가 줄어든다.

(그래요. 이참에 텐노지 가문의 식객으로 맞이하면…….)

그렇게 하면 혼담이 성사해도 이츠키와 만날 수 있다.

지금처럼 같이 차를 마시고, 공부도 하고, 댄스를 연습할 수 있다.

마치 좋은 아이디어가 떠오른 것처럼, 미레이는 눈을 빛냈지만──.

"무슨, 멍청한 생각을……."

제정신을 차린다. 그런 일이 실현될 리가 없다.

미레이 자신에게는 어떨지 몰라도, 텐노지 가문에서 토모나리 이츠키라는 인물은 평범한 학생에 불과하다. 식객으로 삼을 정당한 이유는 하나도 없다.

"미레이?"

그때, 등 뒤에서 누군가가 말을 걸었다.

뒤돌아본 곳에는 자신의 모친── 텐노지 하나미가 있었다.

"어머, 어머님. 무슨 일이어요?"

"그건 내가 할 소리야~. 복도에서 끙끙 앓는 소리를 내니까, 무슨 일이 있었나 싶었는데……."

"아무것도 아니어요. 조금 생각할 게 있었답니다."

미레이는 얼버무리듯이 말했다.

"미레이, 요즘…… 즐거워 보이는구나."

"네?"

"모르겠니? 너는 토모나리 씨와 방과 후에 지낸 뒤로 매일 즐거워 보인단다."

즐겁다고 자각한 것은 조금 전이다.

그러나 그 전부터 태도에 드러났을 줄은 몰랐다.

"괜찮다면 가르쳐 주지 않겠니? 미레이에게, 토모나리 씨가 어떤 사람인지를."

"그렇게 말씀하셔도…… 어째서 어머님이 토모나리 씨를 신경 쓰시는 것이어요?"

"어머나, 딸에게 영향을 준 사람이잖니. 궁금해지는 건 당연하지 않을까~?"

왠지 즐거운 기색으로 하나미가 말했다.

미레이는 어머니의 마음 씀씀이를 느끼고, 한숨을 쉬고 이야기했다.

"그래요……. 토모나리 씨는, 열심히 노력하는 분이랍니다."

지금까지의 나날을 떠올리면서, 미레이는 고백했다.

"처음에는 왠지 나약하다고 할까…… 자신감이 없어 보였지만, 그분에게는 향상심이 있었어요. 자신을 바꾸고 싶다는 마음이 강하고, 학교에서 보내는 하루하루를 무척 소중히 여기는 것을 딱 봐도 알 수 있었답니다."

처음 봤을 때는 자세도 나쁘고, 태도도 불안했다.

하지만 그런 인상을 뒤집은 것은 한 달 전의 티파티와 공부 모임, 최근 방과 후에 보였던 진취적인 정신이리라.

"처음에는 급조한 것 같았던 식사 예절도, 지금은 완전히 익숙해졌어요. 물론, 제가 잘 지도한 덕택임은 분명하지만, 그보다도 토모나리 씨가 진지하게 배웠으니까 빨리 습득한 거겠죠."

(생활력 없음)

솔직히 그토록 빨리 습득할 줄은 몰랐다.

분명 방과 후 수업만이 아니라 집에 가서도 자습한 거겠지. 그 자세는 존경할 가치가 있다.

"오늘 댄스 연습에서도 토모나리 씨는 열정이 넘쳐서…… 얼마나 성장할지 지금부터 기대가 되어요."

지금쯤 집에 도착해서 연습하고 있을까?

그렇게 생각하면 왠지 기쁘다.

"좋은 친구를 만났나 보구나."

"네. 토모나리 씨를 보면 정말 좋은 자극을 얻을 수 있어요. 가능하다면 앞으로도 같이——."

그때까지 말했을 때, 미레이의 머릿속은 급속히 식었다.

자신이 상상한 것보다도 지금까지의 나날을 소중히 여겼음을 깨달았다. 무심코 입에서 그런 소망을 드러낼 뻔했다.

하지만 그런 나날은 이제 끝났다.

앞으로는 아버지와 어머니가 준비한, 다른 상대와 함께 지내야 한다.

"혼담 상대도 그런 분이면 좋겠네요……."

미레이는 간신히 쥐어짠 듯이 말했다.

들켜서는 안 된다. 자신이 이번 혼담을 조금이라도 아쉽게 여긴다는 사실을 어머니에게 알려서는 안 된다.

"미레이. 항상 말하는 거지만, 무리해서 신경을 쓸 필요는 없단다. 너는 너무 많은 것을 끌어안는 버릇이 있지만, 사실은 더 자유롭게……."

"걱정하실 필요는 없어요, 어머님."

미레이는 어머니의 말을 가로막듯이 말했다.

"저는 자유롭게 살고 있어요."

"그러니……."

미레이는 평소처럼 당당하게, 정신이 아찔할 만큼 아름다운 미소를 짓고서 말했다.

그러나 어머니는 왠지 모르게 슬픈 얼굴로 고개를 끄덕였다.

"혼담 말인데, 슬슬 한 번쯤 얼굴을 보자는 이야기가 있구나. 그러니까 미레이…… 조만간 시간을 내주지 않겠니?"

"물론 그래야죠."

치밀어오르는 감정을 억지로 누르고, 미레이는 고개를 끄덕였다.

텐노지 가문의 여식으로서, 이 마음을 깨닫는 것은 용서받을 수 없다.

──그래도.

한 가지, 원망하는 것이 허락된다면.

이츠키와 만나기 전에 혼담을 꺼내 주기를 바랐다.

텐노지 양과의 댄스 레슨도 익숙해졌다.

사교댄스는 남녀가 몸을 밀착하고 춘다. 그래서 처음에는 참으로 한심한 모습을 보인 것 같지만, 텐노지 양이 진지한 태도를 보이는 동안에 내 마음속에 있었던 불순한 감정은 싹 사라졌다.

~영애들이 다니는 명문 학교에서 제일가는 **아가씨**를 남몰래 돕는 시중 담당이 되었습니다~ 2

"오늘은 이걸로 끝내겠어요."

그렇게 말한 텐노지 양이 땀을 닦는다.

시계를 보니 아직 한 시간밖에 연습하지 않았다.

"평소보다 일찍 끝났네요."

"네. 사실은 조금 더 계속하고 싶지만…… 오늘은 볼일이 있답니다."

"볼일이요?"

가볍게 물어보자 텐노지 양은 어째서인지 표정을 흐렸다.

"예전에 이야기했던 혼담과 관련해서요. 오늘은 그 상대와 얼굴을 보기로 했답니다……."

그렇게 말하는 텐노지 양의 표정은 역시나 흐렸다.

"저기…… 텐노지 양은 그 혼담에 뭔가 마음에 걸리는 게 있나요?"

"왜 그렇게 생각하죠?"

"별로 내키는 기색이 아닌 것 같아서요."

나는 지금껏 텐노지 양이 혼담에 긍정적인 것 같아서 응원하려고 했다. 한때는 불안한 기색도 보였지만, 그것은 혼담이라는 미지의 경험에 부담을 느낀 것으로, 혼담 자체에는 불안을 느끼는 태도가 아니었다고 기억한다.

그러나 아닐지도 모른다.

나는 이 자리에서 다시 텐노지 양의 본심을 물어보려고 했지만——.

"걱정하지 않아도, 저는 혼담을 긍정적으로 생각한답니다."

텐노지 양은 얼버무리듯이 미소를 짓고 대답했다.

"게다가…… 제 처지로는, 혼담을 받아들여야만 해요."

"텐노지 양의 처지……?"

"그래요. 마침 잘됐으니까 토모나리 씨에게도 이야기하죠."

텐노지 양은 진지한 태도로 나를 바라봤다.

"저는―― 양녀여요."

그 발언에 나는 눈을 크게 떴다.

텐노지 양은 냉정하게 이야기를 계속했다.

"양녀라고는 해도, 텐노지 가문에서 데려왔을 때는 갓난아기 였으니까, 별로 실감이 나지는 않지만요……. 저는 텐노지 가 문의 친자가 아니어요."

희미하게, 어두운 분위기가 나는 표정으로, 텐노지 양은 설명 했다.

"아버님도, 어머님도, 저를 친딸처럼 대해 주셨답니다. 그래 도 변할 수 없는 사실로서, 제 몸에는 텐노지 가문의 피가 흐르 지 않아요. 그렇기에 더더욱, 저는 텐노지 가문의 여식으로서 올바르게 행동할 것을 명심해야만 해요. 피로 이어지지 않았으 니까, 하다못해 성과로 이어야만 해요. 이것은 제 의무여요."

나는 혼란에 빠질 것만 같은 머리를 가까스로 움직여서 텐노 지 양의 이야기를 정리했다.

즉, 텐노지 양은 양녀라는 처지 때문에 텐노지 가문의 기대를 배신할 수 없다고 생각하는 것이다. 그리고 텐노지 양은 그것이 자신의 의무라고 생각한다.

(생활력 없음)

"자, 잠깐만 기다려 보세요."

이야기를 정리한 나는 지금껏 생각했던 전제 조건이 하나 무너진 예감이 들었다.

"설마, 텐노지 양은…… 의무감으로, 약혼하는 건가요?"

내 질문을 들은 텐노지 양은 희미하게 웃음을 띠고 고개를 끄덕였다.

"그래요. 하지만 이것은 우리 같은 신분의 사람들에게는 흔히 있는 이야기여요."

그야 그럴지도 모르지만…….

——그래도 괜찮을까?

정말로 그런 식으로, 괜찮은 걸까?

곧바로 떠오른 것은 히나코의 경우였다. 부모가 시키는 대로 한다고 행복해진다는 보장은 없다. 나는 그것을 히나코와의 관계에서 잘 이해했다.

그러나 이번에는 텐노지 양 자신이 지금의 상황을 납득하고 있다.

외부인이 뭐라고 해서는 안 된다. 그걸 알면서도 뭔가 마음에 걸린다.

"제 경우는 조금 특수하지만…… 다른 누구도 아닌 당신이라면 이해해 주겠죠?"

"네……?"

"당신도 양자잖아요?"

갑작스럽게 찾아온 말에, 나는 입을 연 채로 경직했다.

"예전에 코노하나 양도 참석한 공부 모임에서, 제가 한 말을 기억하셔요?"

그 말을 듣고, 나는 떠올렸다.

공부 모임의 휴식 중, 텐노지 양은 내게 '정말로 중견 기업의 후계자가 맞나요?' 라고 물었다.

"그때는…… 분명, 제 식사 예절이 급하게 만든 것 같아서, 후계자 교육을 받은 것처럼 보이지 않았다고 했죠."

"그래요. 그 시점에서 저는 당신의 신분을 눈치챘어요. 아마도 당신은…… 저처럼 집안의 이름을 지키기 위해서 의무를 다하려는 사람일 거라고."

그 결과, 텐노지 양은 나를 양자로 판단한 듯하다.

하지만—— 안타깝지만, 아니다.

중간까지는 정답이다. 나도 텐노지 양처럼 집안의 이름을 지키고자 의무를 다하려고 한다.

단, 내가 지키는 것은 코노하나 가문의 이름이다.

나는 양자가 아니다. 코노하나 가문에서 고용한 사용인이다.

이 사실을 텐노지 양에게 설명할 수는 없다. 그것은 나와 코노하나 가문 사이의 계약을 위반하는 일이다.

딱히 머리가 좋은 것도 아니지만, 내가 이 자리에서 정체를 밝힐 때 코노하나 가문에 얼마나 큰 피해를 줄지는 상상할 수 있었다.

"비밀로, 해 주세요……."

"물론이어요. 후후…… 역시 제 눈은 틀리지 않았군요."

텐노지 양이 즐거운 듯이 미소를 지었다.

가슴이 욱신거린다.

그것은 내가 지금껏 알면서도 모른 척했던…… 죄책감이었다.

"……이츠키?"

코노하나 저택으로 돌아오고 얼마 후.

저녁 식사 중에 손을 멈춘 내게 히나코가 의아한 투로 말을 걸었다.

"아, 미안해. 무슨 이야기였지?"

"내일…… 학교 가기 싫다는 이야기……."

"그건 안 돼. 그리고 그런 이야기는 안 했잖아."

히나코는 "에헤헤." 하고 귀여운 얼굴로 얼버무렸다.

아, 맞다. 우리는 공부 이야기를 하고 있었다. 서로가 예습과 복습을 빼먹지 않으니까 성적은 달라도 공감하는 부분이 많았다.

"이츠키…… 다음은 이거, 먹고 싶어……."

"혼자서 먹을 수 있잖아……."

"……먹을 수 없어."

거짓말하지 마. 그렇게 지적하는 것도 좀 그래서, 나는 "알았어."라고 대답하고 접시에 있는 포크 소테를 히나코의 입으로 옮겼다.

히나코가 입을 오물오물하는 사이에 나도 한 입 먹는다. 맛있다. 머스터드를 섞은 크림 소스가 혀에서 살살 녹는다.

"그러고 보니 히나코는 저택에 있을 때 언제 공부해?"

"학교가 끝나고, 집에 와서…… 저녁을 먹을 때까지. 가끔은 그 뒤에도 시켜……."

시키니까 한다는 표현이 참 히나코답다.

"밤에도 한다고 치면…… 꽤 오래 공부하는 거구나."

"학교 공부가, 전부는 아니니까. 회식 때 화제에 따라가려면 코노하나 그룹의 업무 실적도 알아야 하고…… 회의에 출석할 때는 사전에 이야기할 내용을 상의하기도 해……."

잘 생각해 보면 나와 히나코는 같은 저택에서 생활하지만, 항상 붙어 다니는 것은 아니다. 특히 방과 후부터 저녁 식사 사이, 나는 시즈네 씨나 텐노지 양에게 레슨을 받았다. 그사이 히나코도 공부에 전념하는 것이리라.

집안의 의무를 짊어지는 것은 비단 텐노지 양만이 아니다.

히나코도 매일 집안을 위해서 공부한다──.

"그러면 싫지 않아……?"

별로 의식하지 않고 의문을 말하고── 금방 깨달았다.

나는 히나코의 고생을 알면서도 남 일처럼 물어보고 말았다.

"미안해. 딱히 동정하는 건 아니야. 그저…… 히나코는 코노하나 가문의 영애로서, 어떤 식으로 자신의 의무를 생각하는지 궁금해진 거야."

내가 말을 정정하자 히나코는 "우응." 하고 고민하는 소리를 냈다.

"공부는, 그냥…… 귀찮아."

그야 그렇겠지. 그건 나도 잘 안다.

"하지만…… 나 때문에, 누군가가 슬퍼하는 건 좋아하지 않으니까…… 가끔은 열심히 해야겠다고 생각할 때도, 있어. 집안은, 조금 답답하게 느낄 때도 있지만."

그렇구나. 역시 히나코도 자신의 환경을 답답하게 느낄 때가 있나.

열을 낼 정도로 지칠 때가 있으니까 당연하다. 다만 그것을 본인의 입에서 들은 것은 이번이 처음이라서, 나는 새로이 그 사실의 중대함을 실감했다.

"그래서…… 이츠키가, 나를 구하러 와 줬을 때는, 정말 기뻤어……."

히나코가 기쁜 눈치로 미소를 지으며 말했다.

"내 세상은…… 코노하나 가문이 전부가 아니라는 것을, 알았으니까……."

히나코는 별똥별보다도 눈길을 끌 듯이 고운 미소를 지었다.

하지만 내 머릿속에는 다른 소녀의 얼굴이 떠올랐다.

텐노지 양은, 혼담이 자신과 같은 신분의 사람에게 흔한 이야기라고 말했다.

그 사람은…… 텐노지 가문 말고 다른 세상을 알고 있을까?

그날, 미레이의 혼담 상대와 상견례가 있었다.

장소는 미레이가 지금 사는 텐노지 가문의 저택이다. 이 저택을 처음 방문한 사람은 대체로 위축된 모습을 보이지만, 상대에

(생활력 없음)
~영애들이 다니는 명문 학교에서 제일가는 **아가씨**를 남몰래 돕는 시중 담당이 되었습니다~ 2

게서는 그런 기색을 찾아볼 수 없었다.

상류계급다운 태도, 품성과 교양과 언동. 정말이지 아버지와 어머니가 마련한 혼담 상대답다고, 미레이는 납득했다.

그래도…… 미레이의 마음은 개운해지지 않았다.

"자, 오늘은 슬슬 이쯤에서 끝내자꾸나."

미레이의 어머니, 하나미가 식사 모임의 종료를 알린다.

혼담 상대와 그 모친은 마지막으로 정중하게 인사하고 나서 저택을 떠났다.

"미레이, 고생했어~."

"네…… 고생하셨어요."

어머니는 식사 모임의 뒷정리에 관해서 메이드들에게 지시를 내린 다음 미레이에게 말을 걸었다.

"상대는 어땠니~? 봐서는 좋게 이야기하던 거 같은데~?"

"그러네요. 지적이고, 좋은 분 같아요."

미레이는 식사 모임에서 맞은편에 앉았던 남자를 떠올리고 품평했다.

"옷차림도 단정하고, 매너도 잘 익혔어요. 대기업 후계자의 자리는 허울이 아니네요. 아버님과 어머님께서 고른 상대다워요."

"그야 당연히 미레이가 행복해지길 바라니까~."

어머니는 부드럽게 미소를 지으며 말했다.

"하지만…… 그분은 무척 상식적이라고 할까요. 품위가 있고 신뢰할 수 있겠지만……."

"어머나. 그게 뭐가 나쁘니~?"

"나쁘다고 말할 생각은 없지만…… 뭐든지 완벽하면 제가 뭘 가르칠 필요가 없을 테고, 제가 걱정할 일도 없을 테니까요……."

"그게 무슨 문제니~?"

어머니는 당혹스러운 반응을 보였다.

미레이 자신도 당혹스러웠다.

나는 무슨 소리를 하는 걸까. 복잡한 표정을 짓는다.

"참고로 묻겠는데, 이번 상대는…… 토모나리 씨와 비교하면 어떠니~?"

"어, 어째서 지금 토모나리 씨의 이름이 나오는 거여요?"

"어머나~? 그냥 궁금해서 그런 거야. 다른 뜻은 없단다~?"

다른 뜻밖에 없는 태도였다.

어머니도 참 난처하다고, 미레이는 탄식했다.

"아무리 그래도 대기업 후계자와 비교하면 하늘과 땅만큼 차이가 나요. 토모나리 씨는 아직 허술한 부분이 많고…… 제가 가르쳐야 하는 부분도 많아서, 이런 회식 자리에 동석하기라도 한다면 여러모로 걱정할 거여요."

"어머머, 이상적이구나~."

어머니가 무슨 소리를 하는지 잘 모르겠으니까 그냥 무시하기로 했다.

"그러고 보니 지금껏 들은 적이 없는데…… 토모나리 씨네 집안은 뭘 하는 곳이니?"

"듣기론 코노하나 그룹 산하에 있는 IT 기업이라고 해요. 회사 이름은 아직 물어보지 못했네요."

그러고 보니 이츠키와는 그런 쪽 이야기를 한 적이 없다.

보통 키오우 학원 학생끼리는 일주일만 지나면 그런 화제가 나온다. 물론 계급을 나누기 위해서가 아니라, 순수하게 흥미가 생기기 때문이다.

(토모나리 씨는…… 그만큼 흥미로운 점이 많다는 뜻이겠군요.)

좋은 의미든 나쁜 의미든, 이츠키는 집안 이야기를 할 틈이 없을 만큼 다른 화제가 끊이질 않는 상대다. 그것은 미레이에게 신선하고, 왠지 편안한 느낌을 주었다.

"IT 기업이었구나. 하지만 후계자치고는 좋은 의미로 서민적이라고 할까…… 싹싹한 아이야~."

어머니가 뺨에 손을 대고 말했다.

중견기업이라고는 하나, 이츠키도 기업 후계자다. 그런 것치고는 정말로 서민적이라고 할 수 있다.

미레이는 그 이유를 안다. 다른 사람에 알릴 이야기가 아님을 알지만…… 어머니는 이츠키가 몹시 마음이 든 눈치다. 그렇다면 나쁜 일도 없을 것으로 봐서, 미레이의 입이 가벼워졌다.

"여기서만 하는 이야기지만요. 그 사람은 저와 똑같은 양자여요. 그러니까 서민적인 것도 어쩔 수 없답니다."

어머니라면 분명 이해해 주겠지. 미레이 자신도 양녀니까.

그렇게 생각했지만, 어찌 된 일인지 어머니는 평소보다 조금 진지한 표정을 지었다.

"저기, 미레이. 그 말은…… 대를 이을 아들을 원해서 토모나리 씨를 양자로 들였다는 거지~?"

"네…… 그럴 거여요."

미레이는 의도를 알 수 없는 질문을 이상하게 여기면서 대답했다.

"이상한걸~? 코노하나 그룹의 IT 기업에 자식이 없어서 곤란한 곳이 있다는 소리는 들어본 적이 없는데……."

"네……?"

텐노지 양이 혼담 상대와 만난다는 이야기를 듣고 3일이 지난 월요일.

오늘도 나는 평소처럼 히나코와 함께 키오우 학원에 가려고 했다.

"이츠키……."

"왜, 히나코?"

"텐노지 양하고 하는 공부 모임…… 어떤 느낌이야?"

저택을 나와서 햇빛 아래를 걸으며 대문 쪽으로 걷고 있을 때 히나코가 물어봤다.

"순조로워. 이 정도면 성적도 올라갈 테고…… 게다가 텐노지 양 같은 사람을 대하다 보니까 여러 의미로 배짱이 생겼어."

텐노지 양은 분위기가 독특하지만, 키오우 학원을 대표하는 상류계급 학생이다. 그런 사람과 교류하는 것에 익숙해짐으로

(생활력 없음)

써, 다른 상류계급 사람과의 교류에 저항감이 서서히 없어지고 있었다. 다음 사교계 자리에서는 지난번보다 잘 행동할 수 있으리라.

"텐노지 양도 공부가 잘된다고 하고…… 다음 실력고사에서는 히나코가 질지도 모르겠는걸."

"……우."

히나코가 조금 불만스러운 소리를 냈다.

그러나 아직 졸리는지 딱히 뭐라고 하지는 않는다.

"두 분, 잡담은 그만하고 똑바로 걸어 주세요."

"죄송합니다."

조금 보폭을 넓혀서 차로 이동한다.

검정 리무진에 다가가자 대기하던 운전사가 공손히 머리를 숙였다. 나도 가볍게 인사했다.

그때, 시즈네 씨가 눈을 흘기고 어딘가를 보더니──.

"──첩자!!"

"어?!"

나는 갑자스럽게 저택 밖을 손짓한 시즈네 씨를 보고 깜짝 놀랐다.

곧바로 코노하나 가문의 경비가 시즈네 씨가 가리킨 곳으로 달려갔다.

1분 후, 경비 한 사람이 시즈네 씨에게 다가가 "이상 없습니다."라고 전했다.

"기분 탓인가요……."

시즈네 씨가 괴이쩍은 눈치로 말했다.

"실례했습니다. 시선을 느껴서요."

"그, 그랬군요……."

설마 현실에서 첩자 소리를 들을 줄은 몰랐다.

"그나저나 이상하군요. 이럴 때의 제 직감은 맞을 때가 많은데요……."

시즈네 씨가 중얼거렸다.

"기분 탓이 아니라면, 상당한 고수인가 보군요……."

불길한 소리를 하는 시즈네 씨를 보고, 나는 침을 꼴깍 삼켰다.

대체 나는 무슨 사건에 말려든 것일까?

차에서 내려 키오우 학원으로 이동한다.

"토모나리 씨."

신발장에서 실내화로 갈아신을 때, 텐노지 양이 내게 말을 걸었다.

"텐노지 양, 안녕하세요."

"네, 좋은 아침이어요."

이런 데서 마주치다니 참 신기하다.

그렇게 생각하고 텐노지 양을 봤는데, 왠지 진지한 표정을 짓고 있었다. 뭔가 하고 싶은 이야기가 있는 걸까?

"토모나리 씨. 요점만 말하겠어요. 제게 거짓말한 게 없어요?"

그 말에, 나는 심장을 꽉 잡힌 듯한 충격을 느꼈다.

심하게 동요한다. 그러나 그것을 겉에 드러내서는 안 된다.

텐노지 양에게 한 거짓말은 두 가지 있다.

하나는 내가 신분을 위장하고 키오우 학원에 다닌다는 사실.
그리고 나머지 하나는 내가 코노하나 가문에 몸을 맡기고 있다
는 사실이다.

어느 쪽도 알려져서는 안 된다.

"글쎄요. 짚이는 것은 없는데요……."

"그렇군요……."

텐노지 양은 아주 조금 아쉬운 듯한 얼굴로 고개를 끄덕였다.

"알겠어요. 이상한 소리를 해서 미안해요."

"아, 아뇨. 괜찮은데요……."

어째서 갑자기 그런 걸 물어본 걸까?

궁금했지만, 괜히 건드렸다간 화를 자초할 것 같아서 질문하
지 못했다.

"아, 그리고 오늘 레슨은 쉬겠어요. 급한 볼일이 생겼으니까
요."

"알겠습니다. 또 혼담 관련의 일인가요……?"

"아니어요. 이번에는 다른 일이랍니다."

왠지 모르게 분노와도 같은 감정에 불이 붙은 눈으로, 텐노지
양은 말했다.

"그보다 훨씬 더 중요한 일이어요."

그날 방과 후.

신발장을 연 나는 터무니없는 물건을 목격했다.

신발장에는 봉투 하나가 있었다.

그 표면에는 달필로 이렇게 적혀 있었다.

──결투장.

4장 거짓말하기 없기

　아마도 그때까지는 평소와 똑같은 일상이었을 것이다.

　수업은 성실하게 듣고, 점심시간에는 히나코와 함께 도시락을 먹고, 방과 후에는 텐노지 양과 함께 공부한다.

　그 도중에.

　방과 후, 신발장에서 신발을 갈아신으려고 했을 때. 나는 평소와 다른 것을 목격했다.

　신발장 안에 있는 봉투 하나.

　하얀색 편지를 보고, 나는 반사적으로 신발장을 닫았다.

　"진짜……?"

　러브레터다.

　러브레터다……!!

　아니지…… 그럴 리가.

　키오우 학원의 학생이 설마 나 같은 남자에게 반할까?

　그야 시중 담당으로서 몸단장에도 신경을 쓰지만, 키오우 학원 학생들은 미남 미녀가 많다. 용모로 나를 선택할 리는 없을 것이다.

　내 사회적 지위도, 표면상으로는 중견기업의 후계자. 일반적인 고등학교에서는 동경의 대상이 될지도 모르지만, 키오우 학원에서는 대기업 사장 후보가 지천으로 널렸다. 역시 굳이 나를 선택할 이유는 모르겠다.

"어, 어쩌지? 시즈네 씨에게……."

머릿속이 혼란에 빠져서 곧바로 다른 사람과 상의하고 싶었다.

이것이 일반 고등학교라면 가장 먼저 장난을 의심하겠지만, 이 키오우 학원에 그럴 학생은 없을 것이다.

심호흡하고, 다시 신발장을 연다.

조심조심 봉투를 집어 보니──.

──결투장.

겉에는 생각지도 못한 글자가 있었다.

"어……?"

나도 모르게 1분 정도 굳은 다음, 천천히 머리를 회전시켰다.

이것은…… 장난일까? 적어도 러브레터일 가능성은 사라졌다. 기뻐해야 할지, 슬퍼해야 할지……. 아니다. 애초에 기대하지 않았으니까 아무 문제도 없다. 그렇다고 치자.

결투장을 펼치자, 집합 시간과 집합 장소가 적혀 있었다.

처음에 쓰는 인사말도 없다. 방과 후 도장으로. 달랑 그것만 적혀 있다.

"음……?"

달필로 쓴 그 글씨를 보고, 나는 고개를 갸우뚱했다.

"이건…… 텐노지 양의 글씨지?"

공부 모임에서 같이 공부해서, 텐노지 양의 글씨체는 기억하고 있다.

서예가가 힘을 쏟아서 쓴 듯한 달필은 기가 센 텐노지 양답다.

아무튼 안내하는 대로 도장으로 가자.

키오우 학원에는 체육관 옆에 도장이 있다. 나는 그 문을 열고 안에 들어간다.

도장 중심에는 도복 차림의 텐노지 양이 정좌하고 있다.

"왔군요."

천천히 눈을 뜬 텐노지 양이 말했다.

"저기, 텐노지 양. 결투장이라니, 무슨 뜻인지……."

"먼저 탈의실에서 도복으로 갈아입어 주셔요."

그 말에서 거부할 수 없는 박력을 느낀 나는 이상하게 여기면서도 지시에 따랐다.

남자 탈의실에는 검도용 도복이 있었다. 코노하나 가문에서 호신술을 배워서 어떻게 입는지는 안다.

옷을 갈아입은 뒤, 탈의실을 나서려고 했더니 문 옆에 죽도 한 자루가 있는 것이 보였다. 이것도 챙기는 게 나을까? 텐노지 양의 의도를 몰라서 고개를 갸우뚱하면서도, 나는 죽도를 손에 들었다.

"텐노지 양. 말한 대로 갈아입었는데, 이건 대체──."

"──토모나리 씨."

정좌 자세에서 일어선 텐노지 양이 도복 바지 안쪽에 손을 넣는다.

"이게 뭐죠?"

텐노지 양이 꺼낸 것은 세 장의 사진이었다.

사진을 건네받은 나는 그것을 보고—— 눈을 확 떴다.

"이, 건……?!"

그것은 오늘 아침, 내가 히나코와 함께 코노하나 저택을 나설 때의 사진이었다.

공들여 각각 다른 각도에서 찍어서 사진에 있는 인물이 틀림없이 나와 히나코임을 드러내고 있다.

"오늘 아침에 제 부하에게 시켜서 찍었어요. 마치 코노하나 히나코와 같은 곳에서 사는 것 같군요."

시즈네 씨가 '첩자!' 라고 외쳤던 때를 떠올린다.

그때는 기분 탓이라며 그냥 넘어갔지만…… 정말로 진짜 첩자가 있었나 보다.

"그건, 저기…… 가족끼리 교류가 있고, 코노하나 가문에 볼일이 있어서……."

"그렇다면 질문을 바꾸겠어요. 오늘 점심시간에 당신은 어디서 누구와 시간을 보냈어요?"

그 질문에 마침내 나는 침묵했다.

오늘 아침 시점에서 의혹은 결정적인 것이 되었다. 그래서 텐노지 양은 오늘 나와 히나코를 계속 관찰했으리라. 주위 인기척은 경계했지만…… 상대는 코노하나 가문과 어깨를 나란히 하는 명가, 텐노지 가문이다. 한번 의심당하면 간단히 얼버무릴 수 없다.

"그 침묵은 긍정으로 받아들이겠어요."

텐노지 양이 시선을 내리고 말한다.

"즉, 당신은—— 저를 배신한 거군요?"

텐노지 양이 눈을 흘기고 나를 보며 말했다.

"배신이라니, 그럴, 작정은……."

"들어요."

텐노지 양은 죽도로 나를 겨누며 선고했다.

"당신의 삐뚤어진 근성을—— 때려 부수겠어요!!"

죽도가 휘둘린다.

"으헉?!"

여자가 휘두르는 것 같지 않게, 강력한 일격이었다.

아슬아슬하게 피한다. 죽도가 코끝을 스쳤다.

"머, 멈춰 주세요. 텐노지 양!"

"안 멈춰요!!"

다시 머리를 노리고 죽도가 쇄도한다.

지금의 우리는 도복만 입고 호구를 걸치지 않았다. 이대로 가다가 둘 다 다칠지도 모른다.

허둥지둥 죽도를 옆으로 돌려서 방어하려고 했더니—— 텐노지 양이 손목을 틀어서 죽도의 궤도를 바꿨다.

"손모옥!!"

"윽……?!"

손목에 따끔한 통증이 퍼진다.

텐노지 양은 진심이다. 그렇다고 해서 나도 진심으로 응전할 수는 없다. 상대는 텐노지 가문의 영애. 상처라도 냈다간 큰 문제로 발전할 위험이 있다.

"당신은……!"

텐노지 양은 죽도를 휘두르면서 말한다.

"다, 당신은……! 저를, 놀린 거군요……!!"

그 눈은 눈물로 촉촉하게 젖었다.

"제가, 코노하나 히나코에게 경쟁심을 불태우는 와중에……
당신은, 저를 돕는 척하면서…… 뒤에서 계속, 비웃고 있었던
거여요……!!"

떨리는 목소리로 말하는 그 말을 듣고, 나는 깨달았다.

텐노지 양은── 오해하고 있다.

"아, 아니에요!"

나는 죽도를 막으면서 말했다.

"제가 코노하나 가문에서 신세를 지고 있는 것은 사실입니다!
그것을 말하지 않은 것은 사죄하겠어요! 하지만 제가 텐노지 양
과 함께 지낸 것은, 제가 그러고 싶어서 그런 겁니다! 히나코는
관계가 없어요!!"

"입만 살았군요……! 당신이 하는 말은 신용할 수 없어요!! 이
배신자!!"

텐노지 양이 죽도를 밀쳐낸다.

대체 저 가녀린 팔 어디에 이만한 힘이 있는 걸까. 식은땀이 훅
배었다.

나는 텐노지 양에게 거짓을 말했다. 그것은…… 정말로 배신
일지도 모른다.

(생활력 없음)

신분을 위장하고, 경력을 위장하고, 본심을 감췄다. 텐노지 양은 나를 믿고 자신이 양녀임을 밝혔는데…… 나는 그 진심을 배신하고 말았다.

"텐노지 양…… 아니에요. 저는 진짜로, 텐노지 양을 비웃지 않았습니다."

"변명해도 소용없어요!"

그 말이 옳다. 내 입에서 나오는 말은 전부 변명이다.

어째서 텐노지 양이 이토록 분노하는지, 나는 이해할 수 있다.

그만큼 나를 믿었다.

그런데 나는 어떤가?

배신하지 않았다고, 히나코는 관계가 없다고 하면서…… 결국 거짓말하는 시점에서 텐노지 양을 믿지 않았다.

텐노지 양은 신용할 수 있는 사람일까?

그렇지 않다. 오히려 텐노지 양만큼 신용할 수 있는 사람은 거의 없겠지. 내가 무슨 말을 해도 항상 올바른 태도를 보여줄 것이다.

"거짓말한 것은, 인정하겠어요."

나는 텐노지 양의 죽도를 흘리면서 말했다.

"숨기는 것이 있는 것도, 인정합니다. 하지만…… 그건 텐노지 양에게 상처를 주려고 그런 게 아니에요."

"변명해도 소용없다고, 말했을 텐데요!"

지금의 텐노지 양은 혼란 상태다. 그래서 내가 하는 말이 전해지지 않는다.

텐노지 양도 냉정해지면 이해해 줄 것이다. 악의가 있는 괴롭힘을 의심하는 걸 테지만…… 고작 그러려고 매일 방과 후에 함께 시간을 보내거나, 엄격한 레슨을 받는 사람이 있을까?

"이것만큼, 진짜예요."

"그러니까, 믿을 수 없다고 했──."

텐노지 양이 죽도를 내리치려고 한다.

그 직전에, 나는 오른팔을 앞으로 내밀어 텐노지 양의 죽도를 잡아서 막았다.

"진짜야……."

나는 원래 자신의 말투로 고백했다.

죽도를 꽉 쥐면서 각오를 다졌다.

전부 말하자.

텐노지 양이 나를 믿을 수 있도록── 나도 텐노지 양을 믿고 싶다.

"자, 변명을 들어보겠어요."

침착함을 되찾은 텐노지 양은 나를 똑바로 노려보면서 말했다.

도장의 중심. 서로를 마주 보고 정좌한 자세로 있는 우리 사이에는 팽팽한 긴장감이 가득하다.

"사실은──."

나는 자신의 처지를 솔직하게 설명했다.

내가 중견기업의 후계자가 아니라는 사실. 평소에는 코노하나 가문의 사용인으로 일한다는 사실. 그 전부를 설명했다.

(생활력 없음)
~영애들이 다니는 명문 학교에서 제일가는 **아가씨**를 남몰래 돕는 시중 담당이 되었습니다~ 2

다만—— 히나코의 본성만큼은 말하지 않았다.

이것만큼은 말할 수 없다. 코노하나 가문 전체에 깊이 관여하는 사정이고, 게다가 나 자신의 비밀이라면 또 모를까, 히나코의 비밀을 멋대로 폭로하는 것은 거부감이 들었다.

"그랬군요……. 그래요, 그래요, 그래요……."

내 설명을 들은 텐노지 양은 연신 고개를 끄덕였다.

"당신은 사실 기업 후계자가 아니라 가난한 집안의 장남이고, 지금은 코노하나 히나코의 측근으로 일하고 있으며, 그 일환으로 키오우 학원의 학생이 되었다는 거군요. 그리고 그 사정을 말하지 않은 것은 자신을 거두어 준 코노하나 가문에 피해를 주기 싫기 때문이고…… 좀처럼 믿기 어려운 이야기지만, 아귀는 맞는군요."

텐노지 양은 납득한 태도를 보였다.

그리고 촉촉해진 눈으로 나를 흘겨보고.

"사기꾼."

짤막하게 말했다.

"당신은 사기꾼이어요."

"지당하신 말씀입니다."

찍소리도 못하겠다. 나는 머리를 숙였다.

"그 말투도……."

"네?"

"그 말투도, 연기가 아니어요? 제 죽도를 잡았을 때, 말투가 바뀐 것 같은데요."

"그야……."

연기라고 할 만큼 대단한 것은 아니지만, 그 말대로 평소 말투와 다르다.

딱히 키오우 학원 학생이라고 해서 모두가 존댓말을 쓸 필요는 없다. 실제로 같은 반 타이쇼와 아사히 양은 누구나 털털한 말투로 대하고 있었다.

"원래 말투로 돌려요."

"하지만……."

"돌리라고 했어요."

거부를 용납하지 않는 박력이 있었다.

어차피 이렇게 된 이상, 꾸미려고 해도 소용없겠지.

"알았어……."

체념한 내가 원래 말투로 돌리자 텐노지 양이 눈을 휘둥그레 떴다.

"원래는…… 그런 말투를 쓰는군요."

신기해하는 얼굴로 그렇게 말한 뒤, 텐노지 양은 다시 눈을 흘기고 나를 봤다.

"맹세해요. 당신은 앞으로 제 앞에서 거짓을 말하지 않겠다고. 말만이 아니라, 태도도 말이어요."

텐노지 양은 계속해서 말했다.

"그 맹세를 지킨다면, 이전과 같은 관계를 약속하겠어요."

"그래도, 돼……? 예전과 똑같아도."

"말했을 터여요. 저는 사람을 보는 눈에 자신이 있답니다. 당

~영애들이 다니는 명문 학교에서 제일가는 **아가씨**를 남몰래 돕는 시중 담당이 되었습니다~ 2 (생활력 없음)

신은 결국 자신을 위해서가 아니라 코노하나 가문의 의향을 존중해 거짓을 지키려고 한 셈이니까, 그것을 쉽사리 부정할 수는 없어요."

이런 상황에서도 텐노지 양은 철저하게 인격자였다.

실제로 텐노지 양도 다른 사람이 불리해지는 언동을 보이지는 않겠지. 상황에 맞춰서 해도 되는 말과 해서는 안 되는 말 정도는 구별할 터이다.

"비밀이 있는 것은 어쩔 수 없어요. 하지만 앞으로는 말할 수 없는 것이 있다면 그렇다고 말해 주셔요. 거짓말하지 말라는 것은 그런 뜻이어요."

"알았어. 앞으로 텐노지 양 앞에서는 거짓말하지 않겠어."

내가 그렇게 맹세하자 텐노지 양은 뭔가 떠올린 듯한 표정을 지었다.

"마침 잘됐으니까, 호칭도 바꾸죠. 단둘이 있을 때는 저를 미레이라고 불러도 괜찮아요."

"어?"

"뭐여요. 왜 의아한 얼굴을 하셔요. 더 영광으로 여겨요."

텐노지 양은 불만스럽게 입술을 삐죽였다.

"저도 당신을 이츠키 씨로 부르겠어요. 그것을 원래 당신과 이야기할 때의 신호로 삼죠."

아하. 그러면 편리할지도 모르겠다.

주위에 보는 사람이 있을 때는 평소와 같은 호칭을 쓰고, 서로 편하게 있을 때는 호칭을 바꾸는 것이다. 기묘하게도 나는 이미 히나코와 그런 관계이므로 어색하지 않다.

"그렇다면…… 미레이."

시험 삼아 텐노지 양의 이름을 불러 봤다.

그러자 텐노지 양의 얼굴이 확 빨개졌다.

텐노지 양은 침묵했다. 필사적으로 동요를 참는 것처럼 보였다.

"미레이?"

"여, 역시, 취소하겠어요."

"어?"

텐노지 양은 손끝으로 금발을 만지작거리고 시선을 돌리면서 말했다.

"내, 냉정하게 있을 수 없으니까요……. 당신은 예전처럼 부르면 되어요. 저는 당신을 이츠키 씨로 부르겠어요."

"그래."라고 대꾸해 주었다. 뭐, 텐노지 양이 그게 좋다면 나도 상관없다.

"아무튼, 오늘부터 거짓말하지 마셔요. 공평한 관계로 있기 위해서라도, 저도 당신에게 거짓말하지 않겠어요. 당신도, 저한테 물어보고 싶은 것이 있다면 뭐든지 물어보셔요."

"뭐든지 물어보라고 해도……."

막상 그런 소리를 들어도, 의문이 간단히 떠오르지 않는다.

그렇게 생각했지만, 텐노지 양에게 예전부터 궁금했던 것이 있었다. 그러나 그건…… 지금 물어볼 것이 아니라고 판단했다.

(생활력 없음)
~영애들이 다니는 명문 학교에서 제일가는 **아가씨**를 남몰래 돕는 시중 담당이 되었습니다~ 2

"딱히 물어볼 것은 없는데……."

"지금 눈을 돌렸죠?"

한순간 고민한 것을, 텐노지 양은 놓치지 않았다.

"참. 왜 지금 와서 물러나려는 거여요?"

"아니…… 역시, 별로 궁금하지 않은 것 같아서……."

"거짓말하기 없기로 맹세했을 터여요. 게다가 이런 상황에서 그만두면 오히려 제가 더 궁금해지는걸요……. 뭐든지 말해 보셔요."

"그렇다면……."

본인이 이렇게 말하니까, 나도 솔직하게 물어보자.

"그 머리…… 물들인 거지?"

"──으."

의문을 말하자 텐노지 양의 입에서 "흐윽." 하고 이상한 숨소리가 흘러나왔다.

"무, 무, 무, 무슨, 이렇게 분위기를 깨는 질문을 다 하나요……!!"

"아니, 오래전부터 궁금했거든."

"서, 설마, 이렇게도 빨리 제 손으로 목을 조르는 지경에 처하다니…… 역시, 당신은 사기꾼이어요……!!"

이것만큼은 내 탓이 아니라고 본다.

"……어요."

"뭐?"

"물들였어요! 뭐가 불만이어요!"

텐노지 양은 얼굴을 붉히고 말했다.

불만이 있는 것은 아니므로 고개를 가로젓는다. 그러자 텐노지 양도 침착함을 되찾았는지 얼굴에서 홍조가 흐릿해졌다.

"텐노지 가문의 장녀로서 어울리는 모습이 되려고, 어릴 적부터 머리를 금발로 염색했답니다. 말투도 같은 이유여요."

"아, 역시 그 말투도 의도해서 하는 거구나."

"당연하답니다. 그리고 지금 와서는 그만둘 수도 없게 되었어요……."

텐노지 양은 복잡한 표정을 짓고 말했다.

하긴, 평소 텐노지 양을 아는 사람이라면 검은 머리에 평범한 말투를 쓰는 텐노지 양을 연상하기 어려울지도 모른다. 뭔가 잘못 먹었나 걱정할 것이다.

"한 가지만 더 물어볼게."

나는 한 가지 더 물어봐야 하는 것이 있음을 깨달았다.

"내가 코노하나 가문에서 신세를 지는 것을 아는 사람은 텐노지 양 말고도 더 있어?"

"아니어요. 저밖에 없답니다. 조사도 전부 개인적으로 의뢰한 것이어요. 처음에 당신을 의심한 사람은 어머니지만, 어머니께는 제가 잘 말해 두겠어요."

"그렇구나……."

나는 고맙다고 말하려다가…… 무심코 입을 다물었다.

"왜 그러셔요?"

"아니…… 잘 생각해 보면 정체가 들킨 이상, 나는 이 학교에

~영애들이 다니는 명문 학교에서 제일가는 **아가씨**를 남몰래 돕는 시중 담당이 되었습니다~ 2

(생활력 없음)

더 있을 수 없을 것 같아서."

"아……."

이번 일을 히나코나 시즈네 씨에게 숨길 수는 없다.

나는 텐노지 양을 믿었다. 그리고 지금도 확신하고 있다. 텐노지 양은 이번 일로 알게 된 정보를 다른 사람에게 퍼뜨리지 않겠지.

하지만…… 카겐 씨는 용서하지 않을 것이다.

그런 식으로 생각하고 있을 때, 텐노지 양이 비통한 표정을 지은 것을 깨달았다.

"죄, 죄송해요. 제가 집요하게 몰아붙이는 바람에…… 그 점까지는 미처 생각하지 못했어요."

"아니, 텐노지 양 탓이 아니야."

텐노지 양이 오해해서, 나는 곧바로 정정했다.

이번 일에서 텐노지 양의 책임은 하나도 없다. 왜냐면——.

"나는 자꾸 텐노지 양에게 거짓말하기 싫었으니까."

지금 나 자신이 잘 웃고 있는지 모르겠다.

앞으로 어떤 일이 생길지.

모든 결과는 오늘 저택에 돌아간 뒤에 알 수 있다.

"이츠키 씨, 오늘도 텐노지 님께 레슨을 받느라 고생하셨습니다."

저택으로 돌아가자 시즈네 씨가 나를 맞이했다.

나는 앞으로 오늘 일을 시즈네 씨에게 보고할 의무가 있다. 긴장한 나머지 주먹을 불끈 쥔 나는 심호흡하고 입을 열었다.

"저기…… 시즈네 씨. 잠시 할 이야기가 있습니다."

"신기하군요. 저도 있습니다."

"네?"

듣자니 시즈네 씨도 내게 뭔가 볼일이 있는 것 같다.

짚이는 바가 없다. 그러나…… 이번만큼은 내 볼일이 더 중대하겠지.

"그렇다면 먼저 이츠키 씨의 용건을 들어보죠."

"네……."

나는 오늘 있었던 일을 전부 솔직하게 전달했다.

텐노지 양에게 정체가 들킨 것. 더군다나 그것은—— 내 의지였다는 것. 나는 긴장하면서도 마치 죄를 고백하듯이 상세하게 설명했다.

"히나코의 진짜 성격은 말하지 않았습니다. 하지만 그것 말고는…… 거의 다 설명했어요."

"그랬군요……."

시즈네 씨는 차분한 얼굴로 고개를 끄덕였다.

"참 정직하군요."

"네……?"

어떠한 처분이 있을지 겁내는 내게, 시즈네 씨는 마치 감탄한 듯한 반응을 보였다. 나는 그 의미를 이해할 수 없어서 눈을 동그랗게 떴다.

"아까 텐노지 미레이 아가씨께서 전화하셨습니다. 용건은 당신을 퇴학시키지 말아 달라는 것이었죠."

그 말을 들은 나는 경악했다.

"사정은 대강 들었습니다. 미레이 아가씨께서는 자신이 냉정하지 못한 바람에 이츠키 씨를 너무 의심하고 말았다며 반성하셨습니다. 이번 일의 책임은 자신에게 있다고, 미레이 아가씨께서는 그렇게 주장하셨죠."

"그렇지 않은데……."

아마도 텐노지 양은…… 나와 헤어지고 바로 연락한 것이리라.

텐노지 양은 그런 사람이다. 나는 동요하는 한편으로, 납득하기도 했다.

"역시 텐노지 가문의 영애시군요. 제가 이츠키 씨의 신분을 안다고 파악하시고 일부러 저를 지명해서 연락했습니다. 갑자기 카겐 님께 보고했다간 이츠키 씨의 처지가 위태로워질 것이라고 내다보신 거겠죠. 카겐 님께는 제가 전하겠습니다. 원래는 바로 해고해야 할 실수지만, 텐노지 가문의 영애께서 그토록 탄원한다면 카겐 님께서도 무시하실 수는 없습니다. 일이 이렇게 된 이상, 당신을 해고했다간 오히려 텐노지 가문과 알력을 낳을 것 같으니까요."

텐노지 양이 전화하지 않았다면 나는 지금까지 텐노지 양을 속인 죄로 해고당할지도 모른다. 그러나 텐노지 양이 필사적으로 나를 변호해 준 덕분에, 코노하나 가문에서는 나를 해고하면 오히려 텐노지 가문과의 사이가 틀어질지도 모른다는 결론에 이르는 것이다.

"목숨을 건졌군요."

"네……."

"저도 이번 일에는 책임을 느낍니다. 역시 상대가 텐노지 가문쯤 되면 정보를 조작하는 데도 한계가 있군요. 더욱 대책을 세울 필요가 있을지도 모르겠습니다."

시즈네 씨는 진지한 얼굴로 말했다.

그러자 복도 너머에서 히나코가 우리를 보는 것을 깨달았다.

"히나코?"

말을 걸자 히나코가 아장아장 걸어서 이쪽으로 다가왔다.

"둘이서…… 뭐 해?"

"실은 이츠키 씨의 정체가 텐노지 님에게 들킨 것 같습니다."

"……어?"

졸린 기색이었던 히나코의 눈이 천천히 크게 떠진다.

"이츠키는, 어떻게 돼……? 설마…… 잘리는 건……."

"아마도 그럴 염려는 없을 겁니다."

시즈네 씨는 담담하게 사실을 말했다.

그러자 히나코는 내 옆으로 다가와.

"아야!"

정강이 언저리를 살짝 걷어찼다.

"……걱정하게, 하지 마."

"미안해……."

나는 입술을 삐죽이는 히나코에게 사죄했다.

"그런데…… 왜, 들켰어……?"

(생활력 없음)
~영애들이 다니는 명문 학교에서 제일가는 **아가씨**를 남몰래 돕는 시중 담당이 되었습니다~ 2

"나는 자꾸 텐노지 양에게 거짓말하기 싫었어. 텐노지 양은 다른 사람이 불리해질 일을 하는 사람이 아니고…… 신뢰할 수 있다고 판단했으니까."

"……우."

갑자기 히나코가 불만스러운 소리를 냈다.

"너무…… 신뢰해."

"그래. 하지만 텐노지 양이 그런 사람이 아닌 건 히나코도 알잖아?"

"……그건 그렇지만."

히나코는 복잡한 얼굴로 끙끙거렸다.

마침내 작은 입술이 열리고.

"……이츠키는 바보야."

"뭐?!"

히나코는 발걸음을 돌려 어디론가 사라졌다.

나는 그 뒷모습을 멍하니 지켜봤다.

"시, 시즈네 씨. 히나코는…… 저를 미워하는 걸까요……?"

"아뇨. 딱히 그렇지는 않을 텐데요…….."

시즈네 씨는 이마에 손을 짚고 한숨을 쉬었다.

"저는 어쩌면 좋을까요…….."

밤. 평소처럼 취침 전 공부를 마친 나는 가볍게 기지개를 켰다.

푼 문제의 답을 확인해 보니 평소와 비교해서 정답률이 떨어지는 것을 알았다.

오늘은 별로 집중하지 못했다.

"걱정 끼치고 말았네……."

시즈네 씨, 히나코. 두 사람을 불안하게 한 책임을 느낀다.

이것은 결코 텐노지 양 탓이 아니다. 거짓말한 것도, 실수로 그 사실을 텐노지 양에게 의심받은 것도, 전부 내 사정이다.

덮으려던 교과서를 다시 편다.

조금만 더 애써서 잘 공부해 볼까……. 그렇게 생각한 직후, 문을 두드리는 소리가 났다.

"응……? 들어오세요."

이런 시간에 방을 찾아오는 사람이 있다니 별일도 다 있다.

방문이 열리자 밖에 시즈네 씨와 히나코가 있었다.

"히나코?"

"……응."

시즈네 씨에게 안내를 받은 듯한 히나코가 작은 발소리를 내며 내 방에 들어왔다.

문 너머에 있는 시즈네 씨가 말없이 나를 보고 고개를 끄덕인 다음 발걸음을 돌린다. 시즈네 씨는 히나코를 안내하느라 동행했을 뿐 내게는 볼일이 없는 듯하다.

문이 닫히고, 히나코와 단둘이 남는다.

히나코는 내 방을 자주 찾아와 멋대로 침대에서 자니까 이제는 긴장하지 않지만──.

"저기, 뭐 하러 왔어?"

"……아무것도 아니야."

딱히 볼일이 있는 건 아닌 듯하다.

봐서는 토라진 것 같지도 않은데…… 얼굴을 본 이상, 나는 다시 오늘 있었던 일을 떠올리고 머리를 숙였다.

"오늘은 걱정을 끼쳐서 미안해."

"……응."

작게 대꾸하고, 히나코는 내 침대에 드러누웠다.

"이츠키가, 잘리면…… 곤란해."

히나코가 베개를 꼭 안으면서 말했다.

물론 잘리면 나도 곤란하다. 하지만 나만이 아니라 히나코도 곤란해진다.

그러니 조심해야 한다.

그렇다면 나는 앞으로 더 뭘 의식해야 할까.

"그러고 보니 히나코는 평소 어떤 식으로 연기해?"

베개를 끌어안은 히나코에게 물어봤다.

"……왜?"

"앞으로는 지금보다 더 똑바로 행동해야 할 것 같아서. 히나코는 지금이야 자연스럽게 있지만, 키오우 학원에 있을 때는 좋은 집안의 아가씨처럼 행동하잖아? 어떻게 바꾸는 건지 참고로 삼게 가르쳐 줬으면 해."

내가 질문의 의도를 설명하자 히나코가 감탄한 듯이 고개를 끄덕였다.

히나코는 잠시 생각한 뒤 말했다.

"우응…… 너무 특별한 것은 안 해. 어느새 익숙해졌어."

그런가.

나는 코노하나류 최면술 같은 게 있는 줄 알았다.

어느새 익숙해졌다는 발언은 순수하게 감탄해도 좋을지 미묘한 구석이 있다. 자신의 의지로 적응한 건지…… 아니면 적응할 수밖에 없는 환경에서 자란 탓인지.

다행히 히나코는 딱히 신경을 쓰지 않는 것 같지만.

"그러면 히나코는, 예를 들어 지금도 마음만 먹으면 학교에 있을 때처럼 행동할 수 있어?"

"응……. 할 수 있어."

작은 얼굴을 위아래로 움직이고, 히나코는 천천히 일어섰다.

히나코가 의자에 앉은 내게 다가온다.

마치 교실에 있을 때의 거리감이 되었을 때, 히나코는 몸을 반듯하게 폈다.

"안녕하세요, 토모나리 군."

"우와."

말투도, 음성도, 동작도, 전부 한순간에 바뀌었다.

갑자기 나타난 숙녀 모드의 히나코를 보고 놀라자 히나코가 입술을 삐죽였다.

"왜 그런 소리를 내……?"

"아, 아니. 미안해. 놀라서……."

나는 못마땅해 보이는 히나코에게 허둥지둥 사죄했다.

내 생각보다도 매끄럽다고 할까…… 확 변신했다.

"그렇게 간단히 바꿀 수 있구나……."

(생활력 없음)

"응. 학교에선 답답하지만, 여기선 편하게 할 수 있어."

듣자니 여기서 연기할 때는 부담을 안 느끼는 듯하다.

그렇다면 다행이다.

"……아, 하지만 여기는 학교가 아니니까, 이름으로 불러도 되는구나."

히나코는 뭔가 깨달은 눈치로 혼잣말을 중얼거렸다.

그리고 다시 숙녀 모드로 바꾼 히나코는 내 얼굴을 똑바로 보더니.

"안녕하세요, 이츠키 군."

"──윽."

심장이 벌렁 뛰는 것 같았다.

평소처럼 이름을 불렀는데도 동요하고 말았다.

"무슨 일이에요, 이츠키 군? 얼굴빛이 조금 좋지 않은 것 같은데요……."

"아, 아니……."

생각해서는 안 된다.

키오우 학원에 있을 때의 히나코는 이 연기를 강요받는 바람에 스트레스를 받고 있다.

그러니까 이렇게 생각해서는 안 되지만──.

(이것도 참…… 파괴력이 굉장한데.)

이 상태의 히나코에게 이름을 불린 것은 처음이다. 그래서 마치 손에 닿을 일이 없는 고귀한 사람이 나만을 위해서 다가온 것만 같은 느낌이 들었다.

눈앞에 있는 소녀가 완벽한 숙녀로 불리는 이유를.

키오우 학원에서 천상의 존재로 불리는 이유를, 나는 지금 확실하게 이해했다.

"이츠키 군?"

히나코가 내 얼굴을 빤히 본다.

잊을 뻔할 때마다 깨닫는 거지만, 히나코는 모두의 눈길이 쏠릴 만큼 예쁘게 생겼다. 평소의 거리감 때문에 반쯤 익숙해졌지만, 숙녀 모드인 히나코가 이렇게 가까이 오면 다시금 인식할 수밖에 없다.

"⋯⋯히나코."

"네, 부르셨어요?"

숙녀 모드의 히나코가 고개를 갸우뚱한다.

이대로 가다간 긴장해서 말하기 불편하니까──.

"감자칩 있어."

"어?"

히나코는 순식간에 원래 상태로 돌아왔다.

서랍에서 감자칩 봉지를 하나 꺼내자 히나코가 눈을 빛낸다.

시중 담당으로 일하면서 히나코가 말을 듣지 않을 때의 최종 수단으로서 시즈네 씨에게 받은 건데, 요새는 히나코가 협조적이어서 처리하지 못하고 있었다.

"마시쪄⋯⋯."

감자칩을 받은 히나코는 완전히 평소처럼 늘어진 상태다.

나는 역시 이런 히나코가 더 친숙하다.

(생활력 없음)

하지만…… 냉정하게 생각해 보면, 한밤중에 과자를 주는 것은 좀 위험할지도 모른다.

"……시즈네 씨한테는 비밀이야."

"응!"

히나코는 활짝 웃고 끄덕였다.

다음 날 방과 후.

나는 텐노지 양에게 댄스 레슨을 받으러 체육관으로 갔다.

"아…… 텐노지 양."

탈의실에서 운동복으로 갈아입고 체육관으로 나가자 마침 나처럼 체육복으로 갈아입은 직후의 텐노지 양이 보였다.

텐노지 양은 내 얼굴을 본 다음, 주위를 두리번두리번 살핀 다음에.

"이츠키 씨."

신호를 줬다.

지금 이 자리에는 우리 말고 다른 사람이 없다.

따라서 나는 원래 태도로 돌아갈 수 있지만—— 지금껏 공손하게 말한 탓에, 텐노지 양의 허가를 받아도 내 상태가 꼬인다.

"저기…… 오늘도 레슨, 잘 부탁해."

"뭘 긴장하셔요?"

어색하게 인사하자 텐노지 양이 슬쩍 웃었다.

창피한 기분도 들지만, 덕분에 내 긴장도 풀렸다.

"어제, 코노하나 가문에 전화해 줬다며? 덕분에 살았어. 그게 없었으면 학교를 그만둬야 했을지도 몰라."

"신경 쓸 필요는 없답니다. 제가 책임을 느낀 것은 사실이니까요."

텐노지 양이 차분한 얼굴로 말했다.

"실은 오늘, 당신을 몰래 관찰했는데…… 과연, 당신은 코노하나 히나코의 종자답게 행동하고 있더군요. 항시 남들 모르게 곁에 있고, 뭔 일이 생기면 곧장 달려갈 수 있도록 준비하고 있죠. 참…… 코노하나 히나코는 복도 많아요."

"그렇게 말해 주면 고마워. 뭐, 솔직히 빠듯하지만."

"겸손할 필요는 없답니다. 코노하나 가문의 사용인에게 단단히 교육받은 거겠죠. 당신은 적어도 사용인으로서는 아주 우수하답니다."

그렇게 말하고, 텐노지 양은 시선을 조금 낮춘다.

"참, 정말이지…… 부럽군요. 이러면 제 종자가 되어도 괜찮을 텐데……."

텐노지 양은 뭔가 중얼중얼 말했다.

"뭐라고 했어?"

"아무것도 아니어요."

텐노지 양은 약간 불만스러운 태도로 말했다.

내가 뭔가 기분이 상할 말이라도 한 걸까……?

"그나저나 이츠키 씨. 당신은 매번 점심시간에 코노하나 히나코와 뭘 하는 것이어요? 둘이서 구 학생회관에 있다는 것을 아는데요……."

텐노지 양이 내게 눈을 흘겼다.

오늘 점심시간에 내가 한 일이라고는 히나코에게 도시락을 먹여 주고, 히나코가 낮잠을 잘 수 있도록 무릎베개를 해 준 것이 다인데……. 그렇다고 말할 수는 없다.

"그냥 식사만 했는데."

"식사만이라면 교실에서도 할 수 있지 않아요? 뭔가 다른 일이 있는 거 아니어요?"

역시 텐노지 양답다.

감이 좋다. 그래서 나는 하는 수 없이——.

"묵비권을 행사하겠어."

"오호……."

텐노지 양이 눈을 가늘게 떴다.

"혹시나 해서 묻겠지만, 뭔가 불순한 행위를 하는 것은 아니어요?"

"그래, 그런 일은……."

나는 문득 히나코에게 무릎베개를 해 준 것을 떠올렸다.

그것은 세간에서 봤을 때 불건전한 이성 교제에 해당하지 않을까? 아니, 하지만…… 피차 그런 의식이 없으니까 문제가 되지 않겠지.

"그런 일은, 하지 않았을 거야……."

"왜 지금 말을 흐리는 것이어요?"

"안 그랬어."

머릿속에 있는 불안이 말로 드러난 듯하다.

~영애들이 다니는 명문 학교에서 제일가는 **아가씨**를 남몰래 돕는 시중 담당이 되었습니다~ 2

(생활력 없음)

잽싸게 단언했지만, 이미 늦었는지 텐노지 양이 더욱 미심쩍어한다.

"여, 역시, 당신과 코노하나 히나코는 뭔가 특별한 관계인 것 같아요……!!"

"그렇게 말해도 말이지……. 뭘 근거로 의심하는 거야?"

"감이어요!!"

"감이라니…….."

즉, 근거는 전혀 없는 듯하다.

"굳이 말하자면, 아마도, 일반적인 사용인과 비교하면, 조금 친밀할 거야."

"치, 친밀……?"

텐노지 양이 눈썹을 찌푸린다.

"그건…… 어느 정도여요?"

"어느 정도라니?"

"그러니까! 얼마나 친밀한 거여요?! 조금 대화하는 정도라든가, 잠깐 마주쳤을 때 말을 거는 정도라든가, 여러 가지가 있을 거잖아요!!"

그건 친밀한 게 아니라 잘 모르는 남에게 할 짓이다.

어째서 나는 이런 질문을 받는 걸까? 이상하게 여기면서 대답한다.

"예를 들면, 둘이서 가볍게 잡담한다거나."

"뭐, 그 정도라면 문제없답니다. 저도 하니까요."

"그리고 아까도 말했지만, 같이 식사한다거나."

"무, 문제없어요. 저도 하니까요."

"가끔…… 머리를 쓰다듬는다거나."

"그건 안 했어요——!!"

텐노지 양이 벌컥 소리쳤다.

아차. 두 번 연속으로 허용하는 바람에 실수하고 말았다.

"머리를 쓰다듬어요?! 머리를 쓰다듬는다고요?! 도대체 무슨 상황이어요?!

"아, 아니, 뭐라고 할까, 그런 분위기가 생겨서?"

"대체 무슨 분위기여요?!"

쿵! 텐노지 양이 체육관 바닥에 발을 세게 굴렀다.

그 분위기를 설명하기는 어렵다. 어떻게 대답할지 고민하고 있을 때, 텐노지 양이 얼굴을 붉히고 내게 말했다.

"제 머리도…… 쓰다듬어요."

"네……?"

"제! 머리를! 쓰다듬어요! 제가——텐노지 미레이가! 코노하나 히나코에게 뒤처질 수는 없답니다!"

뭐가 뒤처진다는 건데…….

텐노지 양은 히나코와 뭘 경쟁하려는 걸까.

"그러면……."

이대로 쓰다듬지 않았다간 더 화낼 것 같아서, 나는 텐노지 양의 머리에 손을 뻗었다.

"흐아……."

머리를 쓰다듬자 텐노지 양이 이상한 소리를 냈다.

텐노지 양의 강건한 성격과는 정반대로, 머리카락은 비단결처럼 부드러웠다. 히나코의 머릿결과는 다른 감촉이다. 텐노지 양의 가마는 중심에서 조금 벗어나 있었다.

　그대로 한동안 작은 머리를 쓰다듬고 있자…… 텐노지 양은 뺨을 붉게 물들이고 침묵했다. 그 모습을 본 나는 조심스럽게 말을 걸었다.

　"텐노지 양?"

　"허——억?!"

　텐노지 양은 정신을 차린 것처럼 눈을 확 떴다.

　내가 손을 떼자 텐노지 양은 헛기침을 했다.

　"어험. 실례했군요……. 잠시 생각에 잠겼답니다."

　"생각에 잠겼어……?"

　"무슨 문제라도?"

　전혀 그렇게 안 보였는데…… 말했다간 매만 벌 것 같으니까 조용히 있자.

　"다, 당신은, 이런 행위를…… 코노하나 히나코와 한다는 거여요?"

　"그래……."

　내가 긍정하자 텐노지 양은 미간에 주름을 잡았다.

　"후, 후후후…… 역시, 저와 코노하나 히나코는 서로 허용할 수 없는 관계인 것 같군요……!!"

　텐노지 양이 주먹을 불끈 쥐고 중얼거렸다.

　"레슨을…… 시작하겠어요."

"어?"

"레슨을 시작하겠어요!!"

"네, 넵!!"

어찌 된 영문인지 텐노지 양은 무척 화난 상태였다.

"지금! 움직임이 뒤처졌어요!"

레슨을 시작하고 한 시간이 지났다.

내가 동작을 실수하면 텐노지 양이 잽싸게 지적한다.

"왜, 왠지 오늘은 평소보다 힘든 것 같은데……."

"사기꾼은 배려할 필요가 없답니다!"

"끙…… 반박할 수 없어."

어느새 내 다리가 후들거렸다. 체력만으로는 텐노지 양에게 뒤지지 않을 텐데, 내 움직임에 군더더기가 많다 보니 괜히 체력을 더 쓰는 거겠지.

그래도 한 시간이 더 지났을 때, 우리는 동작을 멈췄다.

"오늘은 이쯤에서 끝내죠."

"가, 감사, 합니다……."

머리를 숙인 나는 뺨에서 흐르는 땀을 손등으로 닦았다.

텐노지 양도 목깃을 잡아서 얼굴에 맺힌 땀을 닦는다. 운동복이 딸려 올라가는 바람에 텐노지 양의 가늘고 하얀 허리가 보여서, 나는 조금 시선을 돌렸다.

"여전히 학습이 빠르군요."

"별로 실감은 안 나지만."

"입에 발린 말이 아니어요. 원래라면 이틀에 걸쳐 배울 것을, 당신은 고작 반나절에 익혔답니다. 역시 향상심이 있으니까 이만큼 성장하는 것이겠죠."

그렇게 말한 뒤, 텐노지 양은 문득 뭔가 생각에 잠긴 모습을 보였다.

"무슨 일 있어?"

"아니어요. 지금에 와서야 저 자신의 취향을 깨달았을 뿐이어요. 아무래도 저는 노력하는 사람을 좋아하는 것 같군요."

난데없이 텐노지 양이 그렇게 말했다.

거의 무의식중에 한 말이겠지. 하지만 나는 방금 한 말을 조금 무시하기 어렵다.

"저기, 그게…… 좋아한다면, 즉……."

"차, 착각하지 마셔요!! 인간적으로 존경한다는 의미여요!!"

"아, 아하. 그런 뜻이구나……."

"당연하죠! 안 그러면──."

그때, 텐노지 양은 정신이 든 듯한 표정을 지었다.

"안 그러면, 안 되어요……."

텐노지 양은 차분해진 얼굴로 말했다.

요즘 들어 텐노지 양은 자주 이런 얼굴을 보인다. 어떻게 반응할지 난감해진 나는 좌우지간 화제를 바꾸기로 했다.

"그러고 보니 텐노지 양은 양녀라고 했지만, 별로 그런 느낌은 안 드는걸. 나하고 다르게 서민 같지 않다고 할까……."

"어릴 적부터 텐노지 가문에서 자랐으니까요. 그런 의미에서 저는 이츠키 씨와 다르게 행동거지를 바꿀 필요가 없었던 만큼, 적은 노력으로 충분했답니다."

서민의 행동거지가 몸에 밴 나는 키오우 학원에 적응하려고 먼저 상류계급다운 행동거지로 바꾸는 노력이 필요했다. 텐노지 양은 양녀지만, 갓난아기 때부터 텐노지 가문에서 성장했기 때문에 나와 달리 그런 변천을 경험하지 않았다.

그러나 그렇다고 텐노지 양이 나보다 덜 노력했을 리는 없겠지. 텐노지 가문의 영애로 살아야 한다는…… 그 무거운 책임은 내게 없는 큰 압박이다.

"그렇다면 텐노지 양은 서민 생활을 모르겠구나."

"그래요. 그렇다고 궁금하지 않은 것은 아니에요."

키오우 학원의 학생 중에서도 서민 생활을 아는 사람은 있다. 예를 들어 나리카는 막과자를 파는 구멍가게에 자주 간다고 한다.

"하지만…… 지금은 코노하나 히나코를 꺾기 위해서, 공부에 집중해야만 한답니다."

그렇게 말하는 텐노지 양은 진지한 표정을 짓고 있었다.

"예전부터 생각한 건데…… 텐노지 양은 승부를 좋아하는구나."

"그래요. 원래는 텐노지 가문을 위해서 뭐든지 1등을 노리려고 한 거지만…… 어느새 성격이 되고 말았답니다."

그것은 정말 텐노지 양답다.

"특히 이번에는…… 혼담의 결과에 따라서는 제 장래가 어떻

(생활력 없음)

게 될지 모르니까요. 이참에 코노하나 히나코와 결판을 내어야
해요."

"장래……?"

각오를 마친 기색을 보이는 텐노지 양에게, 나는 문득 의문이
생겼다.

"장래는 왜……? 혼담의 결과에 따라서 뭔가 달라지는 게 있
어?"

"그래요. 어쩌면 학교를 떠나야 할지도 모른답니다."

"뭐?"

갑작스러운 고백을 듣고, 나는 눈을 크게 떴다.

"혼담이 들어온 상대는 여기서 조금 먼 곳에 산답니다. 상대
는 최대한 빨리 저와 함께 살고 싶다는 듯해서, 아마도 혼담이
성사하면 저는 곧장 학교를 떠나야 할 거여요."

"저기, 잠깐만. 왜 그렇게 갑자기……."

"어쩔 수 없답니다. 저도 어젯밤에 처음 들었으니까."

텐노지 양은 냉정하게 말했다

"혼담을 받아들인다는 것은 그런 뜻이어요. 집안의 의향에 따
라서, 두 집안의 관계를 위해 몸을 바치는 것. 저는 이미 자유로
울 수 없는 몸이어요."

그렇게 말하고, 텐노지 양은 입술을 꾹 다물었다.

지금의 텐노지 양에게는 평소와 같은 자신감이 없다.

"자꾸 물어보는 거지만…… 다시 물어볼게. 텐노지 양은 정
말로 그 혼담을 긍정하는 거야?"

내 질문에 텐노지 양은 한순간 서글픈 표정을 지었다.

거짓말하기 없기. 그 말은 텐노지 양이 먼저 했다.

텐노지 양은 눈을 감은 뒤, 우아하게 미소를 짓고…… 대답했다.

"묵비권을 행사하겠어요."

그것은 이미——대답한 것이나 마찬가지다.

다음 날.

수업을 마치고 쉬는 시간에 접어든 교실에서, 나는 한숨을 푹 쉬었다.

"안녕, 토모나리. 분위기가 어두운걸."

"뭔데, 뭔데~? 상담은 받아줄 수 있는걸~?"

타이쇼와 아사히 양이 찾아왔다.

정말이지 두 사람은 언제나 상의하고 싶어질 때 찾아온다. 필시 우연이 아니겠지. 두 사람 모두 교실의 무드 메이커이고, 남을 잘 배려한다. 누군가가 고민하는 것을 느끼면 무의식중에 말을 거는 걸지도 모른다.

"저기, 두 사람에게 물어보고 싶은데…… 혼담은 어떤 느낌이죠?"

"어?! 설마 토모나리 군, 혼담이 들어왔어?!"

"아뇨. 제가 아니라, 어디까지나 친구 이야기예요."

"뭐야~. 배신당한 줄 알았잖아."

왜 배신? 고개를 갸우뚱하는 내게 아사히 양이 설명했다.

"요즘 세상에 혼담은 일부 대기업에서나 하는 거니까~. 우리의 사회적 지위를 생각하면, 혼담=신분 상승 같은 느낌이야~."

"가끔 우리 정도의 지위라도 부모끼리 약혼을 권하는 일은 있지만. 하지만 그건 혼담처럼 딱딱한 게 아니고…… 당연히 거부권도 있어."

아사히 양의 설명을 타이쇼가 보충했다.

배신이라니…… 즉, 나는 신분 상승을 노리고 있다고 오해받은 건가.

"혼담은, 애초에 거부권이 있기는 하나요?"

"집안에 따라서…… 정확하게는 부모에 따라서 다르다고 말할 수밖에 없는걸."

타이쇼가 복잡한 얼굴로 말했다.

"코노하나 양 정도의 신분이면 거부권이 없을지도 몰라. 하지만 그런 일은 대체로 어릴 적부터 잘 설명해 주는 패턴이 많고…… 요새는 세간의 시선도 곱지 않으니까, 너무 억지로 진행하지는 않을걸? 부모 자식 사이의 골이 깊어지면 나중에 회사의 경영권을 둘러싸고 대립할지도 모르고."

히나코는 그 성격 때문에 혼담 상대가 정해지지 않았다.

아사히 양의 설명을 듣고 이해하면서, 나는 한 가지를 확신했다.

텐노지 양은…… 마음만 먹으면 혼담을 거절할 수 있다.

하지만 그러지 않는다. 아마도 그 이유는, 텐노지 양이 양녀이기 때문이다.

텐노지 양은 자신을 키워 준 텐노지 가문에 은혜를 갚으려고 한다. 그래서 처음부터 혼담을 거절할 마음이 없다. 그 단단한 결의를 생각하면 아마도 상대가 어떤 사람이라도 혼담을 받아 들이려고 하겠지. 처음부터 거절하는 것을 고려하지 않는다.

하지만 그것이 정말로 올바른 것일까?

나는 그런 텐노지 양을 지지해도 될까?

──그럴 리가 없다.

더는 모르는 척하지 마라. 나는 이미 몇 번이고 봤을 터이다.

텐노지 양은 혼담을 달갑게 여기지 않는다. 그 신호를, 나는 몇 번이나 목격했다.

혼담이 화제로 나올 때는 텐노지 양이 평소보다 침울해 보였다. '그 혼담을 긍정적으로 생각하는가.'라고 물어봤더니 '묵비권을 행사하겠다.'라고 대답했다. 나는 그토록 알아보기 쉬운 신호를 놓칠 정도로 멍청하진 않다.

"토모나리 군, 괜찮아? 표정이 너무 딱딱한데……."

"괜찮아요. 혼담을 어떻게 망칠지, 조금 생각했을 뿐이니까요."

"정말 괜찮은 거 맞아?!"

아사히 양이 깜짝 놀랐다.

"저기, 잘 모르겠지만…… 위험한 일은 안 하는 게 좋을걸?"

"픽션에서는 종종 있지만 말이야. 억지로 결혼하는 히로인을 구하려고 혼담에 끼어들어 신부를 납치하는 거. 나도 한 번쯤은 해 보고 싶은걸……."

"타이쇼 군이 그랬다간 드라마가 아니라 코미디가 될 것 같아."

"너는 날 무시하지 마! 나도 진지해지면 멋지거든!"

"네, 그러세요."

울컥하는 타이쇼를 아사히 양이 적당히 어르고 넘어간다.

"현실적으로 생각했을 때, 가장 무난한 해결책은 역시 당사자끼리 이야기해 보는 거야. 요즘 세상에 혼담이 성사하는 확률은 별로 높지 않고, 상대도 거절당할 가능성은 어느 정도 고려할 거잖아. 그렇게 생각하면 거부하는 부담도 줄어들 테고……."

아사히 양이 턱에 손을 대고 생각하면서 말했다.

"하지만 결혼은 타협이 중요하다는 말도 있는걸~."

"우와. 그런 이야기는 듣기 싫어. 꿈도 희망도 없는 이야기는 아이에게 독이야."

"적어도 키오우 학원 학생의 태반은 아이이기 이전에 기업의 후계자지만."

두 손으로 귀를 막는 타이쇼에게, 아사히 양은 쓴웃음을 지으며 말했다.

아이이기 이전에 기업의 후계자. 아사히 양의 그 말이 귀에 단단히 남았다.

"그나저나 토모나리 군. 오늘도 텐노지 양이랑 같이 뭔가 할 거야?"

"네. 얼마 전까지 매너나 댄스를 배웠는데, 슬슬 실력고사가 다가오니까 오늘부터는 시험공부에 집중하기로 했어요."

"흐~응."

아사히 양은 의미심장하게 반응했다.

"두 사람은 요즘 왠지 분위기가 좋다는 소문이 있는걸~?"

"네?"

"와~ 토모나리 군은 인기가 많기도 하셔라~. 텐노지 양은 코노하나 양과 버금가는 인기인인걸? 이 학교에서 그 사람을 동경하는 남자가 얼마나 있을까~?"

아사히 양을 듣고 타이쇼가 "나도 그래." 라고 진지하게 고개를 끄덕였다.

얼마 전만 해도 나와 텐노지 양은 조금 다퉜지만, 어느새 주위에서는 분위기가 좋다고 생각한 듯하다. 실제로 내가 정체를 밝히면서 텐노지 양과의 거리감이 줄어든 것 같기도 하다. 비가 오면 땅이 굳는다는 말에 딱 들어맞는다.

그렇지만 텐노지 양의 명예를 위해서라도 오해를 풀어야 한다.

"딱히 그런 관계는 아닌데요……."

"뭐, 그럴 것 같기는 했어. 하지만 토모나리 군, 요새 매일같이 즐거워 보였는걸."

"그러네요……. 적어도 저는 즐거워요."

아사히 양이 봐서 그렇게 느꼈다면 정말 그렇겠지.

텐노지 양에게도 직접 말했지만, 그 사람에게 여러 가지를 배우는 것은 즐겁다.

그런 내 발언을 듣고, 아사히 양은 푸근한 미소를 지었다.

"텐노지 양도, 토모나리 군과 같이 있으면 즐거운 게 아닐까?"

그렇다면 나도 기쁘지만…….

아니, 나한테만 그런 것은 아니겠지. 이 학교에 있을 때의 텐노지 양은 언제나 즐거워 보인다. 다 함께 차를 마셨을 때도 텐노지 양은 기분이 좋아 보였다.

그것을 왜 희생해야 할까?

텐노지 양은, 이번 혼담으로 자신이 뭘 버려야 하는지 알기나 할까?

그렇다면 내가 할 일은──.

그날 방과 후.

나는 식당에 인접한 카페에서 텐노지 양과 공부하고 있었다.

"실력고사가 얼마 안 남았군요."

"그래······."

주변에는 아무도 없어서, 나는 원래 말투로 텐노지 양과 이야기했다.

시험이 얼마 안 남았지만, 방과 후 교내에는 학생들이 별로 보이지 않았다. 애초에 키오우 학원의 학생은 집에서 공부에 집중할 수 있는 환경이기 때문이리라. 학교에 남을 필요가 없다.

"당신에게는 지금껏 들은 이야기가 있으니까 일단은 사정을 설명해 드리겠어요."

텐노지 양은 손에 쥔 샤프를 내려놓고 말했다.

"다음 실력고사까지는 재적을 허락받았어요. 그러니까 예정대로 저는 이번 시험에서 반드시 코노하나 히나코에게 이기겠어요. 그리고······ 이 학교에 남을 이유를 없애겠어요."

그 말을 들은 나는 눈을 크게 떴다.

"그 말은……."

"뭐, 그런 뜻이어요……."

혼담이 성사하면 텐노지 양이 학교를 떠나는 것이 확정되었다.

그래도 텐노지 양은 딱히 뭐라고 하지 않는다.

이 사람은…… 히나코와 다르다. 텐노지 양은 마음이 강하고 자신을 억제할 수 있는 사람이니까 대놓고 '도와달라.' 라고 말할 수 없는 것이다.

"너무 걱정하는 얼굴을 하지 마셔요."

문득, 텐노지 양이 내 얼굴을 보고 말했다.

"가문에 공헌하는 것이 제 행복이어요. 그러니까 저는──."

"정말로, 그렇게 생각해?"

텐노지 양을 정면에서 보면서 말했다.

그러자 텐노지 양은 침묵했다.

"텐노지 양. 내일 하루만 시간을 내 줄 수 없을까?"

나는 눈을 동그랗게 뜨는 텐노지 양에게 말했다.

"예전에 서민 생활에 관심이 있다고 했었지?"

"그래요. 그렇게 말한 적이 있어요."

텐노지 양은 양녀지만, 어릴 적부터 텐노지 가문에서 자라 서민 생활을 모른다고 한다. 그러니까 나와 같은 서민의 생활에 관심이 있는 눈치였다.

"시험 전에 조금 휴식하지 않을래? 지금껏 받은 은혜를 갚을 수도 있으니까, 괜찮다면 내게 서민의 오락을 소개하게 해 줘."

(생활력 없음)
~영애들이 다니는 명문 학교에서 제일가는 **아가씨**를 남몰래 돕는 시중 담당이 되었습니다~ 2

갑작스러운 제안일지도 모른다.

그러나 텐노지 양은 진지하게 생각하는 반응을 보인 뒤.

"그래요. 좋은 기회니까, 함께하겠어요."

텐노지 양은 미소를 짓고 그렇게 말했다.

좋은 기회란 말은…… 마치 자신이 키오우 학원의 학생이었던 추억을 만드는 듯한 표현이다.

텐노지 양이 그럴 작정이라면, 나는 되도록 그렇게 되지 않게 노력하자.

다음 휴일.

히나코와 시즈네 씨를 설득하고 외출 허가를 받은 나는 역 앞에서 텐노지 양을 기다리고 있었다.

"잘 생각해 보면, 오랜만에 쉬는 날이네……."

시간대는 오후. 업무와는 전혀 관계가 없이 순수하게 놀기 위해서 외출한 것은 시중 담당이 된 뒤로 처음일지도 모른다. 시중 담당이 되고 나서는 휴일도 거의 공부만 했으니까 오늘은 왠지 남는 시간을 주체할 수 없는 느낌이라서 마음이 차분해지지 않는다.

그리고…… 잘 생각해 보면, 오늘은 데이트다.

부끄러운 이야기지만, 나는 지금껏 한 번도 데이트를 경험한 적이 없다.

뒤늦게 조금 긴장되었다.

"오래 기다리셨죠."

옆에서 누군가 내게 말을 걸었다.

돌아보니 텐노지 양이 있는데——.

"텐노지 양, 그 차림은……?"

"변장이어요. 오늘은 저 같은 사람이 좀처럼 가지 않는 곳에 안내하는 거죠? 너무 눈에 띄지 않으려는 대책이어요."

텐노지 양은 평소 돌돌 감은 금발을 쭉 펴서 내리고 하늘색 베레모를 머리에 썼다. 복장은 흰색 블라우스에 파란색 스커트로, 학교에서 눈에 확 띄는 텐노지 양과 비교하면 조금 차분하고, 청초한 느낌이 난다.

도회지에 어울리는 복장이다. 변장은 잘 성공했다고 볼 수 있겠지.

다만 텐노지 양은 원래 용모가 빼어나다. 평소의 텐노지 양도 예쁘지만, 오늘의 텐노지 양은 다른 매력이 느껴진다. 어느 쪽도 고운 미모라서 주변 통행인들의 시선을 모으고 있었다. 텐노지 양은 어떤 차림이어도 사람들의 눈길을 끄나 보다.

"저기…… 이상할까요?"

텐노지 양이 뺨을 붉히고 물었다.

아차. 너무 빤히 쳐다봤나.

"아니, 이상하지 않은데…… 그런 차림은 신선해 보여서."

"머리를 내린 거라면 우리 집에서도 보였을 텐데요."

"머리 모양만이 아니라, 전체 분위기가 평소와 다른데……."

순순히 '신선하고 귀엽다.'라고 말하는 것이 부끄러워서 말을 얼버무렸다.

그러자 텐노지 양은 내 마음을 눈치챘는지 여유롭게 미소를 지어 보였다.

"지금의 저와 평소의 저, 어느 쪽이 더 좋아요?"

매우 어려운 질문이다.

나는 곰곰이 생각한 다음에 대답했다.

"굳이 말하자면, 평소의 텐노지 양일까."

"그래요? 이건 이츠키 씨의 취향이 아니었나 보군요."

"그런 뜻이 아니야. 평소에 보는 모습이 더 텐노지 양답다고 할까…… 자연스러운 것 같으니까."

뺨을 긁적이면서 말하자 텐노지 양이 기쁜 내색을 보였다.

"그렇군요. 솔직히 이 차림은 조금 어색하답니다. 본래의 저라면 조금 더…… 화사하게 차려입어요!"

텐노지 양은 가슴에 손을 대고 당당하게 고백했다.

"오늘은 내가 자유롭게 안내해도 되지? 위험한 곳에 가는 건 아니지만, 텐노지 가문의 영애에게는 어울리지 않는 곳에 데려갈 작정인데."

"문제없어요. 그러려고 변장한 거랍니다. 설령 남들이 보더라도 정체가 들키지 않으면 텐노지 가문의 체면도 지킬 수 있으니까, 오늘은 마음껏 즐길 작정이어요."

자신의 변장이 완벽하다는 듯이 텐노지 양이 의기양양한 표정을 짓는다.

"지금 할 소리는 아니지만, 용케도 집안에서 허락해 주었네. 경호원도 없지?"

"그래요. 아버님도, 어머님도, 참으로 관대하신 분이셔요."

텐노지 양은 은근슬쩍 자랑스럽게 말했다.

"반대로, 이즈키 씨는 아무 일도 없이 허가를 받았어요?"

"아, 뭐…… 아무 일도 없었던 건 아니지만……."

시즈네 씨는 요새 내 행동을 별로 제한하지 않아서 금방 이해해 주었다.

문제는 히나코다. 텐노지 양과 단둘이서 외출하고 싶다고 말했더니 히나코가 놀라울 정도로 툴툴댔다. 지금껏 텐노지 양에게 여러모로 배운 것을 보답하고 싶다고 설명하자 겨우 납득해 주었지만, 못마땅한 듯이 '나중에 보상해 줘.' 라고 신신당부했다.

"그나저나 이즈키 씨."

텐노지 양이 작은 소리로 물어봤다.

"이건, 저기, 데이트로 해석해도 되어요……?"

"윽———."

무심코 말문이 막히고 말았다.

모처럼 의식하지 않았는데, 설마 텐노지 양이 물어볼 줄이야.

"뭐, 뭐, 그런 셈이지……."

내가 긍정하자 텐노지 양이 희미하게 뺨을 붉혔다.

"저는 남자와 데이트하는 것은 처음이어요……."

그렇게 말하고 텐노지 양은 시선을 슬쩍 들어 나를 쳐다봤다.

"그러니…… 즐겁게 해 주시겠어요?"

텐노지 양은 조금 짓궂은 미소를 짓고, 그러면서도 눈에는 기대를 담아서 말했다.

그런 텐노지 양의 태도가 지금껏 받았던 엄격한 레슨을 떠올리게 한다.

냉정하게 생각해 보면, 나는 언제나 이 사람과 단둘이서 지냈다.

지금 와서 과도하게 의식할 필요는 없다.

"그래. 오늘은 서민의 오락을 한껏 가르쳐 주겠어."

오늘은 나도 한껏 즐기자.

나는 텐노지 양과 함께 시내로 나섰다.

"이게 뭐여요?! 이게 뭐여요?! 이게 뭐여요——?!"

핸들을 빙글빙글 돌리면서 혼란에 빠진 텐노지 양.

나는 그 모습을 슬쩍 곁눈질하면서 천천히 핸들을 오른쪽으로 돌렸다.

오랜만에 찾은 게임 센터는 옛날과 하나도 달라지지 않은 분위기를 물씬 풍겼다. 소음이 귀를 찌르고, 아이부터 어른까지 다양한 세대가 놀고 있다.

우리가 지금 하는 게임은 유명 레이싱 게임이었다. 화면 구석에 보이는 텐노지 양의 차가 코스를 이탈해 가드레일을 박는다.

"아앗?!"

비명을 지르는 텐노지 양을 아랑곳하지 않고, 나는 유유히 선두를 달렸다.

"아자! 1등!"

결승점을 통과한 나는 핸들에서 손을 떼고 옆자리에 앉은 텐노지 양을 봤다.

"텐노지 양은……."

"꼴등이어요……."

알아보기 쉽게 의기소침한 텐노지 양을 보고, 나는 무심코 웃음을 터뜨렸다.

"웃지 마셔요! 저는 필사적이었답니다?!"

"미, 미안해. 하지만 게임인데 바나나를 던지는 걸 보고 '매너 위반이어요!' 라고 소리친 것은 너무 웃겼어. 푸흡……."

"너무 웃지 마셔요!"

그건 나만이 아니라 주위 사람들도 웃었다.

텐노지 양은 마음을 가라앉히고 다른 게임을 구경했다. 아까의 패배가 응어리로 남았는지 아직 분한 눈치였지만, 그래도 흥미진진하게 다른 게임을 관찰했다.

텐노지 양을 게임 센터에 데려오길 잘했다. 히나코와 마찬가지로 텐노지 양도 이런 오락에는 어두운 듯하다.

오늘은 텐노지 양이 미지의 세계를 경험할 수 있을 것이다.

"이츠키 씨, 이 북은 무엇이어요?"

"태고의 철인 말이구나. 리듬 게임의 일종이야. 이것도 해 보자."

나는 "리듬 게임?" 하고 고개를 갸우뚱하는 텐노지 양 앞에서 100엔 동전을 투입했다.

조작 방법을 텐노지 양에게 설명하고 곧바로 곡을 고른다.

게임을 시작하자마자 텐노지 양이 혼란에 빠진다.

"이, 이런 건, 연주가 아니어요!"

평소 자신만만한 태도는 어디로 사라졌는지, 텐노지 양은 양 손에 든 북채를 허둥지둥 혼란스럽게 움직였다.

마지막에 나와 텐노지 양의 점수가 표시된다.

"좋아. 이것도 내가 이겼네."

"크으으……! 진짜 태고라면 제가 더 잘할 수 있는데……!"

패배자의 변명치고는 매우 특이했다.

텐노지 양은 다시 다음 게임을 찾기 시작했다.

"이츠키 씨, 이건 무엇이어요?!"

"오, 에어 하키? 추억이 떠오르는걸."

"여기에 놓인 건…… 소형 플라잉 디스크이어요? 이걸 던지 면 되어요?"

"잠깐, 그만! 지금 설명할게!"

퍽을 던지려고 하는 텐노지 양을 말리고 규칙을 설명했다.

상식에 어두운 건지 박식한 건지, 잘 모를 사람이다. 그러나 이렇게 균형이 맞지 않는 지식이 그야말로 상류계급의 아가씨 답다. 히나코도 비슷했다.

텐노지 양과 둘이서 에어 하키를 해 본다.

당연하게도 내가 이겼다.

"다음으로! 넘어가요!"

텐노지 양이 다시 다른 게임을 찾는다.

"저건…… 경마여요?"

"경마 게임인가. 해 볼래?"

"안 되어요! 승마투표권은 20세부터 살 수 있어요!"

"이것도 게임이니까 괜찮아."

나는 허둥대는 텐노지 양을 보고 웃음을 참으며 말했다.

이용자 등록이 조금 귀찮지만, 금방 게임에 참가할 수 있었다.

"또 졌어요……!"

"뭐, 이건 운이 필요한 게임이니까……."

오늘의 텐노지 양은 운도 따르지 않나 보다.

텐노지 양은 다른 게임을 찾으려고 했지만…… 그 전에 잠깐 휴식하기로 했다.

자판기에서 두 사람 몫의 음료를 산 뒤, 계단 근처에 있는 벤치에 앉는다.

"이츠키 씨는 예전에 이곳에서 자주 놀았어요?"

"놀았다고 할까, 일했어. 가끔 아는 사람이 왔을 때는 점장의 허가를 받아서 조금 논 적도 있지만."

그래서 완전히 초심자인 텐노지 양에게 질 일은 없다.

"게임 센터……였나요. 여기는 몹시 자극적인 곳이어요. 저는 이런 분위기의 장소를 방문한 것이 처음이랍니다."

당연히 그렇겠지. 나는 속으로 납득했다.

좋게 말해도 치안이 좋다고는 할 수 없는 시설이다. 텐노지 양의 부모님은 관대하지만, 카겐 씨라면 히나코를 절대로 이런 데 보내지 않겠지.

그러나 여기서만 경험할 수 있는 것도 있다.

다행히 텐노지 양은 그 자극에 잘 매료된 듯, 게임 중에는 천진난만한 어린애처럼 일희일비했다.

"음……?"

문득 시선을 느낀 것 같았다.

뽑기 게임기 뒤, 창문 너머에서 누군가가 나를 보고 있었다.

그 소녀는 내가 예전에 다녔던 고등학교의 교복 차림이다. 마치 해충을 노려보는 듯한 눈으로 나를 째려보는 그 소녀에게, 나는 식은땀을 흘렸다.

"아차."

어째서 나는 지금껏 경계하지 않았을까.

이 동네는 내 옛날 생활권이다. 그래서 당연히 아는 사람과 마주칠 가능성도 크다.

그 소녀—— 오랜 지인인 유리와 마지막으로 이야기한 것은 내가 시중 담당으로 임명된 첫날. 즉, 한 달 넘게 지났다. 그것도 직접 대화하지 않고 스마트폰 메신저로 메시지를 주고받은 것이 전부다. 그 뒤로는 연락하지 않았는데…… 보아하니 상당히 화난 것 같다.

그러나 유리는 나와 텐노지 양을 번갈아 본 다음 말없이 발걸음을 돌렸다.

"왜 그러셔요?"

"아, 아무 일도 아니야."

예상과는 다르게 유리는 얌전히 떠나갔다.

조금 신경이 쓰였지만, 지금은 텐노지 양을 의식해야 한다.

"다음은 볼링을 칠까. 아니지…… 노래방이 일반적인가?"

히나코의 시중 담당인 내게 오늘 지출은 별로 크지 않았다.

다음은 볼링이어도 좋고, 노래방이어도 좋다. 좌우지간 텐노지 양에게는 신기한 체험을 제공하고 싶다.

그런 식으로 생각했을 때.

"전부 가겠어요……."

텐노지 양이 힘껏 쥐어짠 듯한 목소리로 말했다.

"전부 가겠어요! 제가 이길 때까지 도망치게 둘 수 없답니다!"

나는 텐노지 양의 투쟁심을 너무 자극한 걸지도 모른다.

하지만 그 요망은 내가 바라던 바였으므로, "그래."라고 끄덕였다.

어느덧 하늘이 어두워지고 있었다.

석양도 저물고, 오후 7시를 앞둔 시각.

느긋하게 역으로 이동하면서, 나는 살짝 기지개를 켜 몸을 풀었다.

"오랜만에 잘 놀았는걸……."

나는 거의 무의식중에 중얼거리고 텐노지 양을 봤다.

"텐노지 양. 오늘은 어땠어?"

"최에에에아아아악의 기분이어요!"

텐노지 양은 요란하게 분통을 터뜨렸다.

"결국 게임에서는 한 번도 못 이겼고, 볼링에서도 왕창 깨졌어요!"

"그래도 노래방에서는 막상막하였잖아."

"동요로 점수를 따도 만족할 수 없답니다!"

게임이나 볼링에서는 내가 압승해서 노래방에서도 여유로울 줄 알았는데, 실상은 그렇지도 않았다. 텐노지 양은 보이스 트레이닝을 받는 듯, 그 가창력은 정말 대단했다.

다만 부를 줄 아는 노래가 적었다. 클래식에는 일가견이 있는 듯하지만, 우리가 평소 듣는 유명 밴드의 노래는 모른다고 했다. 그래서 최종적으로 텐노지 양은 누구나 다 아는 동요를 부를 수밖에 없었다. 그때 텐노지 양이 보인 굴욕적인 표정은 눈에 선명하게 남았다.

"텐노지 양은 승부를 좋아하는 것 같아서, 오늘은 그런 방향으로 예정을 짰는데…… 즐겁게 지낸 것 같아서 다행이야."

"그래요……. 덕분에 오랜만에 이토록 피가 끓었답니다."

텐노지 양은 분한 나머지 주먹을 불끈 쥐고 말했다.

"어쩔까? 다른 데를 더 갈까?"

"그러고 싶은 마음은 굴뚝같지만…… 오늘은 너무 시간이 늦었답니다."

"그러네……."

어두워진 하늘을 올려다본 텐노지 양에게, 나도 동의했다.

"그러면 오늘 하루는 이쯤에서 끝낼까."

대수롭지 않게 한 말을 듣고, 텐노지 양은 몸을 움찔거리고 반응했다.

"짓궂게 말하는군요."

걸음을 멈춘 텐노지 양이 가만히 발밑을 바라본다.

역시 텐노지 양은 오늘을 학교를 떠나기 전에 마지막으로 추억을 만드는 날로 생각한 듯하다.

하지만 오늘이 마지막일지 어떨지는 텐노지 양의 의지로 얼마든지 바뀔 수 있다.

"혼담을 거절하면, 언제든지 오늘의 다음을 기약할 수 있어."

"그렇게 말해도, 제 의지는 바뀌지 않아요."

텐노지 양은 떨리는 목소리로 말했다.

"정말로, 오늘은 무척 즐겁게 지냈답니다. 하지만 그것이 텐노지 가문의 보탬이 될지는――."

"즐겁기만 하면 안 되는 거야?"

나는 텐노지 양의 말을 가로막고 말했다.

"그것만으로는 혼담을 거절할 이유가 될 수 없어?"

그런 말을 들을 줄은 몰랐는지, 텐노지 양은 곤혹스러운 눈치로 눈을 휘둥그레 떴다.

"될 리가, 없답니다. 오늘 있었던 일은 사적인 일. 그것에 반해서 혼담은 텐노지 가문의 사정이어요. 이야기의 차원이, 너무나도 다르답니다."

갑자기 멈춰 선 우리를 지나가는 사람들이 이상하게 쳐다봤다.

나는 입술을 깨문 텐노지 양에게 확실하게 말했다.

"그러면 텐노지 양은―― 텐노지 가문을 위해서라면, 뭐든지 버릴 거야?"

텐노지 양이 입술을 꾹 다문다.

"나는 텐노지 양이 얼마나 무거운 것을 짊어졌는지 상상할 수조차 없어. 하지만 실제로 텐노지 양의 부모님을 보고 한 가지 확신한 게 있어. 그분들은 텐노지 양이 행복하길 원할 거야. 텐노지 가문이 아니라, 텐노지 미레이를 소중히 여겨."

텐노지 양의 집을 방문했을 때, 나는 그 모친인 하나미 씨에게 '미레이는 학교에서 즐겁게 지내고 있니?' 라는 말을 들었다.

그 사람은 처음부터 텐노지 양의 평판에는 관심이 없었다. 그저 딸이 학교에서 즐겁게 지내기만 하면 된다고…… 그렇게 생각한 것이다.

"그건…… 기분 탓이어요."

텐노지 양은 고개를 푹 숙이고 말했다.

"아버님도, 어머님도, 모두 자상하신 분이니까 제게 강요하시지 않는 것이어요. 본심으로는 제가 집안을 위해서 살기를 원할 게──."

"그럴 리가 없잖아!"

그 말만큼은 도저히 그냥 넘어갈 수 없다.

나는 지금 조금 화났다.

어째서 이 사람은── 모르는 걸까.

"머리를 노랗게 물들이고! 맨날 이상한 말투나 쓰고! 그게 텐노지 가문의 보탬이 된다고, 진짜로 생각하는 거야?!"

"네?! 무, 무, 무슨……?!"

이럴 때 무슨 소리를 하는 거냐고 묻는 것처럼, 텐노지 양은 얼굴을 붉게 물들였다.

어릴 적의 텐노지 양은 그렇게 하는 것이 집안을 위한 일이라고 진심으로 믿었다. 그리고 성장한 지금은 자신의 의지로 그 자세를 관철하고 있다.

"그런데도 마사츠구 씨와 하나미 씨는 잔소리 한 번 하지 않았잖아?!"

"으……."

텐노지 양이 숨을 삼킨다. 어쩌면 너무 감정에 몸을 맡기고 떠든 걸지도 모른다. 그래도 내가 한 말을 취소할 마음은 없다.

히나코의 때와는 사정이 다르다.

히나코는 코노하나 가문의 중압과 카겐 씨의 결정으로 부당하게 괴로워해야 했다. 그러나 텐노지 양의 경우는 그런 부당함 때문이 아니다. 텐노지 양은 자승자박에 빠졌을 뿐이다.

나는 그것을 도저히 참을 수 없다.

"그분들은…… 집안보다도, 텐노지 양을 우선해."

제삼자가 봐도 확연하게 알 수 있는 사실을 다시 전한다.

"텐노지 양은 두 분의 마음을, 잘 생각해 본 적이 있어?"

나와 달리 텐노지 양은 아직 부모님과 잘 이야기해 볼 수 있으니까.

나는 그런 마음을 가슴속에 숨기고 말했다.

눈앞에 선 소년의, 진지한 눈빛이 내 마음에 깊이 박힌다.

텐노지 미레이는, 이츠키의 말을 듣고 어린 시절의 기억을 떠올렸다.

"미레이는 행복하게 살아야 한다."

양녀로 들어온 미레이에게, 지금의 부모님은 몇 번인가 그렇게 말했다. 자신들이 부모로서 미레이를 잘 돌보겠다는 선언. 하지만 미레이를 속박하지는 않는 자상함. 그런 것을 어린 시절부터 느꼈다.

그래서 미레이는 그토록 자상한 부모님에게 쭉 은혜를 갚고 싶었다.

자신을 받아들여 준 집—— 텐노지 가문의 명성을 안 뒤로 미레이는 은혜를 갚을 방법을 깨달았다.

"어머님. 제가 공부를 잘하면 텐노지 가문의 보탬이 될까요?"

어릴 적에 미레이는 어머니에게 그렇게 물어봤다.

어머니는 기쁜 듯 "그렇단다."라고 대답했다.

"아버님. 제가 유명해지면 텐노지 가문의 보탬이 될까요?"

어릴 적에 미레이는 아버지에게 그렇게 물어봤다.

아버지는 호쾌하게 "그렇지."라고 대답했다.

그로부터 미레이는 학업에 전념하고, 머리를 물들이고, 말투를 고치고, 텐노지 가문의 영애로서 인생을 살기 시작했다. 처음에는 실패도 많았다. 애초에 시험 점수는 학급에서 중간 정도였고, 딱히 인망이 있었던 것도 아니다. 그래도 죽을힘을 다해 노력한 결과, 미레이는 유달리 우수한 학생으로 유명해졌다. 과거의 자신이 흐릿해질 만큼 미레이는 피를 토하는 심정으로 노력했다.

"미레이. 매일 밤늦게 공부하는 것 같은데…… 너는 더 자유롭게 살아도 된단다."

어느 날. 어머니가 그런 말을 했다.

"걱정하실 것 없어요. 이건 저 자신이 택한 길이니까요."

미레이는 웃으며 그렇게 말했다. 그러자 어머니는 "그렇구나."라며 알아주고 넘어갔지만, 표정은 불안해 보였다.

그 말대로 너무 애쓴 걸지도 모른다. 그러나 언젠가는 알아줄 것이다. 그저 자신을 받아준 부모님께 은혜를 갚고 싶었다.

"미레이. 매너를 지키는 것은 좋지만, 가끔은 편하게 있어도 된단다."

"문제없어요. 텐노지 가문이 여식으로서, 이 정도는 할 수 있답니다."

언제부터 그랬을까.

생각해 보면 부모님이 말할 때마다, 미레이는 조금도 주저하지 않고 고개를 가로저었다.

(아아…… 그랬구나.)

눈앞에 있는 소년, 이츠키가 한 말을 머릿속으로 곱씹는다.

부모님의 마음을 잘 생각해 본 적이 있는가──그 말이 미레이의 가치관을 뒤흔들었다.

(저는…… 도망친 거여요.)

부모님의 딸이 될 자신이 없어서.

텐노지 가문의 영애가 되는 길을 택한 것이다.

그게 더 알기 쉬우니까. 시험에서 좋은 점수를 받고, 우아하게 행동하는 것이 부모님의 마음에 부응하는 것보다 훨씬 쉽다.

그런 마음으로 도망쳤다는 것을—— 눈앞에 있는 소년이 일깨워 주었다.

"어째서……."

무심코 그런 말이 입술 사이로 흘러나왔다.

"어째서…… 이츠키 씨는, 제게 그토록 애써 말해 주는 거여요……?"

가족도 아니면서, 어째서 이 사람은 이토록 자신을 진지하게 봐 주는 것일까?

미레이의 물음에, 이츠키는 진지한 얼굴로 대답했다.

"나도…… 텐노지 양이, 기왕이면 행복하게 살길 바라니까."

쑥스러운 눈치도 없이, 이츠키는 당당하게 고백했다.

"만약 오늘 경험이 귀중하다고 느꼈다면…… 부디 그걸 버리지 마."

오늘은 자신이 경험한 것을 떠올린다.

게임 센터, 볼링, 노래방……. 텐노지 가문의 영애에게는 하나같이 불필요한 경험일 수도 있다. 그러나 텐노지 미레이에게는 그렇지 않았다.

오늘은 진심으로 즐거웠다.

"사기꾼……."

미레이는 목청을 떨면서 중얼거렸다.

부모님만이 아니었다.

텐노지 가문의 영애가 아니라, 텐노지 미레이라는 개인을 이토록 잘 생각해 준 사람이—— 여기에도 한 사람 있었다.

(생활력 없음)
~영애들이 다니는 명문 학교에서 제일가는 **아가씨**를 남몰래 돕는 시중 담당이 되었습니다~ 2

그래서 일깨워 주었다.

"사기꾼, 사기꾼, 사기꾼………… 당신은 정말로 입만 산 남자여요."

눈가에 맺힌 눈물이 흐르지 않게 참느라 애써야 했다.

감정이 뒤죽박죽된다. 아마도 자신은 텐노지 가문의 영애로 어울리지 않는 태도를 보이고 있으리라.

하지만 그래도 된다.

이 사람은 그런 눈으로 자신을 보지 않으니까.

"당신에게, 속아 주겠어요……."

눈가에 맺힌 눈물을 손으로 훔치고, 미레이는 웃었다.

"혼담은, 거절하겠어요. 이만큼 귀중한 것을, 놓칠 수는 없으니까요……."

"그래……."

이츠키가 눈에 띄게 안도했다.

그 모습을 본 것만으로 혼담을 거절하는 보람이 있을지도 모른다.

"뭐, 솔직히 말해서 오늘 경험이 귀중했을지 따지면, 자신감이 안 생기지만──."

"그게 아니어요."

오늘 일만을 귀중하다고 말하는 것이 아니다.

정말이지…… 예리한 건지 둔한 건지, 잘 모를 사람이다.

"당신이, 귀중한 것이어요."

에필로그

텐노지 양이 무사히 혼담을 거절한 뒤.

키오우 학원에서는 실력고사가 치러졌다.

정기고사와 다르게 실력고사는 과목이 적다. 그래도 명문 학교인 만큼 출제 문제가 많으며, 3일을 가득 채워서 시험을 진행했다.

그로부터 일주일이 더 지났을 무렵.

실력고사 결과가 발표되었다.

"애들아~! 여기야, 여기~!"

교직원실 앞 게시판에는 이미 학생이 여럿 모여 있었다.

교실에 짐을 두고 히나코와 함께 게시판으로 갔을 때, 멀리서 아사히 양이 손짓했다.

그 옆에는 텐노지 양도 있었다.

"마침 지금 텐노지 양도 만났어!"

아사히 양이 그렇게 말하자 텐노지 양이 말없이 인사했다.

그리고 시선을 내 얼굴로 돌린다.

"함께 결과를 확인해 보아요."

내 망상이 아니라면, 그것은 다른 모두가 아닌 나 혼자만을 두

(생활력 없음)
~영애들이 다니는 명문 학교에서 제일가는 **아가씨**를 남몰래 돕는 시중 담당이 되었습니다~ 2

고 한 말이었다.

긴장이 등에 쫙 퍼져서 침을 꼴깍 삼킨다.

키오우 학원에서는 시험을 치르고 나면 상위 50등의 점수와 이름을 발표한다. 내 목표는 그 상위 50등에 들어가는 것이다.

마음을 굳게 먹고 게시판을 본다.

그곳에는 내 이름이————.

"…………없어."

다리에서 힘이 풀려서 주저앉으려는 몸을 간신히 기력으로 세웠다.

나는 목표를 달성하지 못했다.

"당연하답니다."

소침해진 내 옆에서 텐노지 양이 말했다.

"이 키오우 학원에 다니는 학생은 모두 어릴 적부터 영재 교육을 받아요. 그들을 따라잡으려면 연 단위의 노력이 필요하답니다."

그건 정말로 그럴지도 모른다.

그래도 나는 성과를 내고 싶었다.

모처럼 텐노지 양에게 배웠는데, 나는 좋은 소식을 전하지 못했다.

침묵하는 내게, 텐노지 양이 한숨을 쉬었다.

"당신…… 자체 채점은 해 보았어요?"

"어? 아니, 안 했는데……."

"지금까지의 상태를 헤아려 봐서는, 무척 아쉬운 점수대였을 거여요. 적어도 점수의 변화만 봤을 때, 당신은 으뜸으로 올라 갔을 거랍니다."

텐노지 양은 칭찬하는 눈으로 나를 봤다.

"그래도 만족할 수 없다 한다면…… 앞으로도 계속 노력하면 되는 것이어요."

그 말이 소침해진 내 마음을 단숨에 살렸다.

미소를 짓는 텐노지 양을 보니까 무거워진 마음이 싹 가벼워 진다.

"그러네요……."

그렇다. 앞으로도 노력하면 될 일이다.

텐노지 양은 이 학교를 떠나지 않으니까…….

이 아쉬움은 앞으로의 미래를 기약하면 된다.

"우~웅, 나도 없어. 뭐, 예상은 했지만."

"나도 당연히 이름이 없는데."

"그래. 나도 없다."

아사히 양, 타이쇼, 나리카. 세 사람은 처음부터 포기한 기색 이었다.

남은 사람은……히나코와 텐노지 양이다.

"코노하나 양과 텐노지 양은 상위 한 자릿수에 있겠지? 우~ 웅…… 사람이 너무 많아서 여기서는 안 보이겠어."

아사히 양이 발돋움해서 학생들 너머에 있는 게시판을 보려고 했다.

상위 10명의 이름은 다른 게시판에 큼지막하게 발표한다고 한다. 그쪽 게시판 앞에는 더욱 인파가 몰려 있었다.

"봐! 굉장해! 만점이 나왔나 봐!"

주위 학생들이 이야기하는 것을 듣고 타이쇼가 흥분한 기색으로 말했다.

"만점이요? 드문 일인가요?"

"그럼! 여기 시험은 정말 어려우니까. 만점은 좀처럼 나오지 않아."

그 말대로 시험 문제는 상당히 어려웠다.

우리는 한순간 말없이 히나코와 텐노지 양에게 시선을 주었다.

만점을 받은 학생이 있다면…… 여기 두 사람 중에 있겠지.

"이번에야말로 제가 코노하나 히나코를……!"

텐노지 양이 아무에게도 들리지 않게 조용히 중얼거렸다. 하지만 나만은 그 목소리를 들었다. 나만이 텐노지 양의 각오를 아니까.

희미하게 긴장을 느끼고 있을 때, 인파 속에 있는 학생들이 히나코와 텐노지 양이 있는 것을 눈치채고 길을 터 줬다. 소란스러웠던 인파가 모세의 기적처럼 좌우로 갈라진다.

키오우 학원의 양대 숙녀가 우아하게 게시판 앞에 섰다.

시험 결과를 보고—— 우리는 눈을 크게 떴다.

"이건……."

"마, 만점이, 두 사람……?"

가장 위에 이름을 실린 사람은 히나코였다. 그 아래에 텐노지 양의 이름이 있다.

그러나 두 사람의 점수는 완전히 똑같이──800점이었다.

짝짝짝짝. 학생들이 히나코와 텐노지 양에게 박수를 보냈다.

나는 그 갈채 속에서 남몰래 히나코에게 말을 걸었다.

"히나코도 애썼으니까."

"……응."

히나코는 원래 말투로 긍정했다.

"두 사람에게 지는 건…… 싫었으니까."

히나코가 왠지 모르게 토라진 기색으로 털어놓는다.

아──그렇겠지.

무심코 웃음이 나왔다. 잘 생각해 보면 당연한 일이다.

이번 시험에서 최선을 다해 노력한 사람은 비단 텐노지 양만이 아니다.

히나코도 노력했다.

"후후……."

텐노지 양이 웃음을 흘린다.

히나코에게 이긴다는 목표는 달성하지 못했다. 그러나 텐노지 양은──.

"오호호호! 이래야 제 라이벌이어요!"

텐노지 양은 흥겹게 웃었다.

마치 앞으로도 히나코와 라이벌로 있을 수 있음을 기뻐하는 듯하다.

"그 라이벌에게, 제가 제안하겠어요."

텐노지 양은 뺨을 희미하게 붉히고, 긴장한 기색으로 히나코

(생활력 없음)
~영애들이 다니는 명문 학교에서 제일가는 **아가씨**를 남몰래 돕는 시중 담당이 되었습니다~ 2

를 봤다.

"오, 오늘 저녁에…… 우리 집에, 놀러 오지 않겠어요?"

그날 밤.

나는 다시 텐노지 저택을 방문했다.

"여기부터는 따로 움직이죠."

조수석에서 내린 시즈네 씨가 나와 히나코에게 머리를 숙였다.

"시즈네 씨는 뭘 하시죠?"

"저는 카겐 님과 동행하여 먼저 텐노지 가문 대표에게 인사하러 갈 겁니다. 이츠키 님도 나중에 아가씨와 함께 인사하러 가세요."

"알겠습니다."

시즈네 씨의 뒤에서는 카겐 씨가 넥타이를 손보고 있었다.

나와 히나코가 텐노지 양과 이야기하는 동안, 카겐 씨와 시즈네 씨는 텐노지 가문을 대표하는 마사츠구 씨, 하나미 씨에게 인사하러 간다는 듯하다.

"이츠키…… 그 양복, 새거야……?"

히나코가 불쑥 작은 목소리로 물어봤다.

"그래. 오늘 디너는 프랑스 요리라고 들었으니까. 이참에 정장도 프랑스 걸로 맞췄어."

이것도 다 저택을 나서기 전에 시즈네 씨가 '정장은 어떤 걸 입고 갈 건가요?'라고 질문해서, 조금은 내 생각으로 코디를 맞춰 본 것이다. 예전에 참석했던 코노하나 가문 주최 사교계에서는 이탈리아 브랜드를 착용했으므로, 기분을 바꿔 보고 싶었다는 이유도 있다.

그런 나와 히나코의 대화를 듣고, 옆에 있던 카겐 씨가 조용히 중얼거렸다.

"못 알아보게 성장했군."

"네?"

그 말이 도무지 믿기지 않아서, 나는 눈을 크게 뜨고 되물었다.

"지금, 저를 칭찬하셨나요?"

"내가 칭찬한 것은 텐노지 가문의 인재 육성법이다. 자네가 아니야."

카겐 씨는 그렇게 말하고 내게 등을 보인 다음, 시즈네 씨와 함께 이동하기 시작했다.

제아무리 나라도 방금 말을 있는 그대로 받아들일 만큼 순진하지는 않다. 카겐 씨에게 인정받았다는 것을 실감하자 성취감이 쑥쑥 고개를 들었다.

이게 다 텐노지 양와 함께 시간을 보낸 덕분이리라.

나는 히나코와 함께 텐노지 저택에 발을 들였다.

"기다렸답니다! 코노하나 양, 토모나리 씨!"

텐노지 양은 활짝 웃고 우리를 반겨 주었다.

그 모습은 고결한 영애보다도 친구를 고대하는 평범한 소녀처럼 보였다.

"이렇게 초대해 주셔서 고맙습니다."

숙녀 모드로 변한 히나코가 정중하게 인사했다.

"지금껏 몇 번인가 방문한 적이 있지만, 이렇게 사적으로 초대를 받은 것은 처음이네요. 뭔가 이유가 있나요?"

"딱히 대단한 이유는 없답니다."

그렇게 대답한 다음, 텐노지 양은 부드럽게 미소를 지었다.

"그저, 굳이 말하자면…… 저는 당신과 텐노지 가문의 영애가 아닌, 평범한 학우로서 친해지고 싶다고 생각한 거예요."

히나코가 눈을 살짝 동그랗게 떴다. 숙녀 모드를 연기하는 히나코가 표정을 무너뜨렸다는 것은, 그만큼 텐노지 양의 지금 발언이 뜻밖이라는 뜻이리라.

텐노지 양은 변했다.

지금의 텐노지 양은 텐노지 가문의 영애인 자신과 평범한 소녀인 자신을, 두 가지 현실을 받아들이고 있다.

"저도 텐노지 양과는 친하게 지내고 싶어요."

동요를 감춘 히나코가 미소를 짓고 말하자 텐노지 양이 뺨을 붉혔다.

"마, 막상 듣고 보니 왠지 쑥스럽군요……."

왠지 모르게 애타는 분위기를 연출하려는 두 사람을, 나는 한 발짝 떨어진 곳에서 구경하고 있었다.

문득 아무 생각 없이 다른 곳으로 시선을 돌리자──.

"흑……! 미레이가…… 우리 미레이가, 성장했어……!"

"그래요, 여보……! 딸이 왠지, 평소보다 빛나 보여요……!"

딸자식 사랑에 여념이 없는 부모가 텐노지 양을 보고 눈물을 흘리고 있었다.

"토모나리 군. 아니, 이츠키 군."

손수건으로 눈물을 훔친 마사츠구 씨가 내게 다가온다.

어찌 된 영문인지 마사츠구 씨는 내 호칭을 바꿨다.

"미레이에게 들었네. 자네가 우리 딸의 본심을 끌어내 주었다고 하더군."

"아뇨……."

"미레이는 좋은 친구를 구했다. 그래…… 학교를 그만두는 것은 정말 아깝지."

마사츠구 씨는, 나와 히나코에게 시선을 주고 말했다.

온화한 그 얼굴을 보고서 다시 실감했다. 역시 마사츠구 씨는 집안보다도 딸인 텐노지 미레이를 소중히 여기는 것이다.

"그나저나 이츠키 군. 텐노지 그룹에는 관심이 없나?"

"네?"

뜬금없는 질문에, 나는 고개를 갸우뚱했다.

"조금 에둘러 말했나. 그렇다면 다시 묻겠는데…… 우리 집에 사위로 들어올 생각은 없나?"

"네? 아니…… 네에?"

"보아하니 미레이는 연애 결혼을 바라는 것 같더군. 현재 우리 딸과 가장 친한 남자는 자네지? 먼저 자네의 의사를──."

"아버님!"

텐노지 양이 버럭 소리를 지르는 게 들렸다.

우리 이야기가 들린 거겠지. 텐노지 양은 새빨개진 얼굴로 다가왔다.

"멋대로 이야기를 진행하지 마셔요!"

"하, 하지만 말이다. 만약 장차 이츠키 군을 사위로 맞이하면 지금부터 텐노지 그룹의 업무를 알아두어야——."

"성급한 것도 정도가 있어요!"

텐노지 양이 딸로서 인식을 강화한 탓인지, 마사츠구 씨도 부모의 마음이 폭주하고 있다.

마사츠구 씨는 어깨를 축 늘어뜨리고 침묵했다.

"정말이지…… 죄송해요, 토모나리 씨."

"아뇨. 괜찮습니다……."

멋쩍게 사죄하는 텐노지 양을 보고, 나도 쓴웃음을 지었다.

"농담이라고 쳐도, 놀랐습니다."

그렇게 말하자 텐노지 양은 뭔가 못마땅한 표정을 지었다.

텐노지 양은 왠지 모르게 토라진 기색으로.

"꼭 농담이라고 할 수는 없어요……."

"네?"

"적어도 지금의 제게 당신보다 가까운 남자는 없으니까요. 어쩌면 언젠가는 당신에게 텐노지 가문에서 혼담이 갈지도 몰라요."

"아니, 하지만 저는…… 사실은 기업 후계자도 아니고……."

다른 사람에게는 들리지 않게 조용히 말했다.

그러자 텐노지 양은 자신만만하게 웃어 보였다.

"어머. 우리 부모님이 그런 간판을 의식할 것 같아요?"

의식하지 않겠지…….

그래서 텐노지 양이 이렇게 혼담에서 해방된 거니까.

"만약 저와의 혼담이 생기면, 당신은 어쩔 것이어요?"

"그걸 물어보셔도…… 먼저 텐노지 양의 의향을 알아야……."

"즉, 당신은 제게 그럴 의향만 있다면 혼담을 받아들이겠다는 거여요?"

"그건……."

텐노지 양이 말하는 미래를 좀처럼 상상할 수 없어서 대답하기 어렵다.

그렇게 난처해하고 있을 때, 텐노지 양이 키득 웃었다.

"농담이어요. 사기꾼을 몰아붙이면 가여우니까 그러지 말아야겠어요."

텐노지 양은 즐겁게 말했다.

"하지만 만약 그때가 온다면——."

평소처럼 자신만만한 태도로.

텐노지 양은 내 뺨에 살며시 검지를 댔다.

"——반드시, 저를 택하게 하겠어요."

보너스 • 히나코에게 보상하기

시험 결과 발표가 있고 며칠이 지났을 무렵.

"그러고 보니 요전번에 보상해 주기로 약속했는데……."

휴일. 나는 방에 찾아온 히나코에게 말을 걸었다.

"구체적으로 뭘 해 줬으면 좋겠어?"

"우응……."

히나코는 고민하는 소리를 내고 말했다.

"……이츠키는 그날, 텐노지 양하고 뭘 했어?"

"게임 센터에 가고, 볼링을 치고, 노래방에 간 정도인데."

내가 설명하자 히나코가 눈을 흘겼다.

"참…… 즐겁게 지냈구나."

"아니, 그건 뭐…… 즐겁긴 했지만."

히나코의 기분이 상했다고 어렴풋이 느껴서 넌지시 말했지만, 그렇다고 해서 즐겁지 않았다고 하는 것도 텐노지 양에게 미안할 것 같았다.

그 결과, 아니나 다를까. 히나코는 볼을 부풀렸다.

"나도…… 갈래."

"어?"

"나도, 그거…… 전부 갈래……!"

그런고로 나는 곧장 히나코와 게임 센터에 갔다.

물론 단둘이 간 것은 아니다. 조금 떨어진 곳에서 시즈네 씨와 코노하나 가문의 경호원들이 우리를 감시하고 있었다.

아쉽지만 히나코는 텐노지 양과 비교해서 별로 자유로운 행동이 허락되지 않는다. 애초에 텐노지 양과 그 부모님의 성격을 생각하면 텐노지 양의 가족이 예외인 것 같기도 하다.

"그러면 먼저 레이싱 게임을 해 보자."

"응."

히나코와 함께 좌석에 앉는다.

오늘의 히나코는 텐노지 양처럼 변장했다. 그래서 숙녀 모드가 아닌 원래 성격으로 행동하는 것을 허락받았다. 수수한 옷에 모자를 눌러쓴 지금의 히나코는 키오우 학원의 급우가 봐도 가까이 다가오지 않는 한은 들키지 않겠지.

"이츠키…… 이 게임, 텐노지 양은 몇 등이었어……?"

"완전 꼴찌였는데."

눈앞에서 바나나 투척을 맞고 매너 위반이라고 따진 텐노지 양을 떠올렸다.

"그러면 나는…… 그보다 높은 순위를 목표로 할래."

히나코는 이상한 데서 경쟁심을 불태우고 있었다.

신기하게 여기면서 100엔 동전을 넣어 게임을 시작한다.

게임 결과는, 예상대로…….

"꼴등이네."

"우으……."

텐노지 양과 똑같은 순위가 된 히나코가 입술을 삐죽거렸다.

"……한 판 더."

시키는 대로 다시 100엔 동전을 넣어 게임을 시작한다.

그러나——.

"으으으……."

히나코는 이번에도 꼴등이었다.

그 뒤로도 여러 번 재도전했지만…… 역시 평소 게임을 접하지 않은 히나코에게는 어려웠는지, 좀처럼 잘 풀리지 않았다.

"다, 다른 게임도 해 볼까?"

"……응."

어느새 레이싱 게임만으로 한 시간 넘게 놀았다.

이어서 우리는 태고의 철인을 해 봤다.

하지만 이것도 히나코는 잘하지 못해서, 일찍이 게임 오버가 뜨고 말았다.

"진짜 태고라면…… 내가 더 잘하는데."

텐노지 양도 그런 말을 했는데…….

키오우 학원의 아가씨들은 태고가 필수 과목인 걸까?

"저기, 저 게임도 텐노지 양하고 해 봤어."

그렇게 말한 나는 에어 하키 게임대를 가리켰다.

히나코는 하얀 퍽을 멀리서 보고 고개를 갸우뚱했다.

"세일의, 코스터……?"

(생활력 없음)
~영애들이 다니는 명문 학교에서 제일가는 **아가씨**를 남몰래 돕는 시중 담당이 되었습니다~ 2

고급 브랜드의 코스터로 착각했다.

저택 주방에 많으니까 그것을 연상한 거겠지.

"하키는, 이렇게 서로 치면서 노는 거야."

간단하게 규칙을 설명하고 히나코와 놀았다.

"좋았어."

"우으……."

몇 차례 플레이하고, 지금까지는 내가 계속 이기고 있었다.

그러나 처음에는 어색했던 히나코의 움직임은 점차 다듬어져서──.

"……어떤 느낌인지, 알았어."

그런 말을 중얼거린 직후, 히나코는 갑자기 잽싸게 움직였다.

히나코는 퍽을 치는── 척하고, 내 빈틈을 노리는 형태로 점수를 땄다.

"어?!"

"내, 승리. ……흐흥."

히나코가 기쁜 얼굴을 한다.

하키에서 페인트를 쓰는 건 처음 봤는데…….

냉정하게 생각해 보면 히나코의 체육 성적은 매우 좋았다. 완벽한 숙녀로 불리는 만큼, 히나코는 문무를 겸비했다. 운동 신경은 전혀 나쁘지 않다.

"이츠키…… 알았어?"

히나코가 내게 불쑥 다가와 말했다.

"텐노지 양보다…… 내가 더, 대단해……."

왠지 모르게 의기양양하게 말한 히나코는 힘없이 내 가슴팍에 머리를 기댔다.

그 작은 입술 사이로 새근새근 규칙적인 숨소리가 들린다.

"잠들었네……."

"아가씨께선 평소와 다르게 열중하셨으니까요. 피곤하신 거겠죠."

어느새 다가온 시즈네 씨가 내게 몸을 기댄 히나코를 보고 말했다.

"노래방과 볼링은 다음으로 미룹시다. 이츠키 씨도 괜찮겠죠?"

"아, 그러죠. 저는 괜찮습니다."

천천히 히나코를 업는다. 히나코는 만족스럽게 미소를 짓고 있었다.

역시 상류계급 사람들은 이런 휴식과 거리가 멀어지는 거겠지. 기분이 내킬 때 또 같이 가자고 말해 보는 게 좋을지도 모른다.

(그러고 보니…… 나리카는, 어떻게 지낼까?)

같은 좋은 집안 아가씨라도 어느 정도는 서민 생활을 아는 나리카를 떠올렸다.

나리카는 휴식할 때 불편하지 않을까? 그렇게 생각하면서, 나는 히나코를 업고 게임 센터를 나섰다.

~영애들이 다니는 명문 학교에서 제일가는 **아가씨**를 남몰래 돕는 시중 담당이 되었습니다~ 2

아 가 씨 돌 보 기

~영애들이 다니는 명문 학교에서 제일가는 아가씨(생활력 없음)를 남몰래 돕는 시중 담당이 되었습니다~

특별 단편 • 코노하나 히나코의 마킹

어느 휴일, 코노하나 가문의 저택에서.

"이츠키…… 텐노지 양의 집에서 잔 날에 뭘 했어?"

내 방에 찾아온 히나코가 갑자기 그렇게 물어봤다.

"뭘 하긴. 대부분 저번에 말했던 그대로야. 같이 식사하고, 그러다가 비가 와서 하룻밤 머물기로 했는데……."

"……더 자세히 이야기해 줘."

히나코가 입술을 조금 삐죽거리고 말했다.

그 일에 관해서는 이미 혼난 뒤인데…… 아무래도 히나코는 아직 완전히 용서해 주지 않았나 보다.

"저녁을 먹고, 다음에는 목욕하고…… 마지막에는 방에서 조금 공부했어."

"전부…… 텐노지 양하고 같이?"

"뭐…… 그렇지."

히나코가 한동안 생각하는 기색을 보이고.

"……정했어. 오늘은, 이츠키가 텐노지 양하고 한 걸…… 나하고도 하는 날로 할래."

그런 소리를 했다.

(생활력 없음)
~영애들이 다니는 명문 학교에서 제일가는 **아가씨**를 남몰래 돕는 시중 담당이 되었습니다~ 2

"그러니까…… 먼저 식사부터 하자."

마침 저녁을 먹을 시간대였다.

히나코와 함께 식당으로 이동한다.

나는 히나코의 옆자리에 앉아서 테이블에 나오는 요리를 만끽했다. 텐노지 양과의 식사 자리는 어디까지나 매너 교습의 일종이었지만, 그 말은 굳이 할 필요가 없겠지.

"이츠키…… 이거, 맛있으니까 줄게."

"고마워……. 아니, 잠깐만. 그냥 싫어하니까 주는 거잖아."

"우…… 들켰어."

전채 요리에서 피망만 골라서 그릇에 옮기면 눈치챌 수밖에.

주방 쪽에 있는 시즈네 씨가 "이츠키 씨가 있어 주어서 참 다행이에요……."라고 중얼거렸다.

"다음은…… 목욕."

식후, 잠시 휴식한 우리는 히나코의 방에 딸린 욕실로 갔다.

"이츠키…… 머리, 감겨 줘."

"그래, 알았어."

나는 히나코가 시키는 대로 긴 머리를 정성껏 씻겼다.

"에헤……."

히나코는 기뻐하는 소리를 냈다.

목욕을 마친 뒤, 다음에는 내 방으로 갔다.

"그리고…… 목욕 후 토크 타임."

미션 컴플리트. 그렇게 말하는 것처럼 히나코는 "우후." 하고 만족스러운 표정을 지었다.

히나코는 그대로 내 침대에 누웠다.

"텐노지 양하고는…… 무슨 이야기를, 했어……?"

"그냥 잡담했는데…… 그리고 공부 이야기라든지."

"흐응…….."

그날, 텐노지 양의 집에서 묵었을 때를 떠올렸다.

『타도, 코노하나 히나코!』

텐노지 양이 그런 결의를 표명한 것은 말하지 말자.

"이츠키는…… 여기 사는 거, 좋아해?"

문득, 히나코가 물어봤다.

"그래. 좋아해."

"……응."

작게 대꾸하는 소리만 들렸다.

그리고 히나코는 행복한 얼굴로 눈을 감고…….

"히나코?"

내가 말을 걸어도 대답이 없었다.

"자네……."

마음 편하게 자는 히나코의 얼굴을 보고, 나는 작게 한숨을 쉬었다.

(결국 평소와 똑같구나…….)

그날, 텐노지 양과 한 일은 히나코와 매일 하는 것이다.

과연 히나코는 그것을 잘 이해하고 있을까. 그렇게 생각하면서, 나는 새근새근 잠든 히나코에게 슬며시 이불을 덮어 주었다.

아 가 씨 돌 보 기

~영애들이 다니는 명문 학교에서 제일가는 아가씨(생활력 없음)를 남몰래 돕는 시중 담당이 되었습니다~

후기

사카이시 유사쿠입니다. 이 책을 집어 주셔서 감사합니다.

어쩌죠. 더 쓸 게 없습니다.

저는 후기가 쥐약이라서, 매번 그럭저럭 골머리를 앓습니다.
제 현실은 기본적으로 공허하고 지루합니다. 후기를 쓰려고 하면 '재밌는 이야기를 해 봐!'라고 시키는 것 같습니다. 그러지마…… 그런 분위기는 힘들어…… 제발 그러지 마.

하지만 후기 내용으로 골머리를 앓는 것은 이미 한두 번이 아닙니다. 그리고 저는 선배들의 서적을 구해서 어떻게 후기를 쓰는지 알아봤습니다.

개인적으로 '이거 참 좋은걸.'이라고 생각한 것은 작품을 생각하면서 뭔가 행동으로 옮기는 내용입니다. 예를 들어 전쟁물을 쓰는 분이 역사 박물관에서 실제로 있었던 전쟁을 공부하고 그 감상을 후기에 쓰는…… 그런 것처럼 말이죠.

(생활력 없음)

그런고로 저도 선배들을 본받아 본작 「아가씨 돌보기」를 생각하면서 값비싼 행동에 나서기로 했습니다.

회전 초밥집에 갔습니다!!

맛있었어요!!!!!!!!!!!!!!!!!!!!!!!!!!!

회전 초밥이라고 하면, 영애물의 왕도 아닐까요. 서민의 삶을 모르는 좋은 집안 아가씨가 처음으로 회전 초밥을 먹으러 가서 '와! 접시가 움직여!' 라고 호들갑스럽게 반응하는 그거 말입니다. 언젠가 본편에서도 할지 모릅니다.

그렇게 생각해 보면 회전 초밥이란 좋은 집안 아가씨가 좀처럼 먹어 볼 수 없을 만큼 귀중한 것일지도 모릅니다. '히나코도, 텐노지 양도, 나리카도, 이 맛은 모르지⋯⋯.' 라고 생각하면서 회전 초밥을 먹어 보니 실로 맛있게 느껴졌습니다.

참고로 저는 초밥을 아주 좋아해서, 이래저래 비싼 초밥집에 갈 때도 있습니다.

성게나 알이 굵은 이크라가 먹고 싶어지면 이런 데 꼭 가고 싶어집니다⋯⋯. 비싼 데는 대뱃살은 너무 기름져서, 중뱃살을 선호합니다. 요전번에 간 가게에서는 눈볼대가 맛있었습니다. 살짝 구워서 소금으로 먹었습니다.

　가격의 차이가 반드시 우열로 이어지는 것은 아닙니다. 기분에 따라 나눠서 가는 것이 중요하다고 봅니다. 저는 음식점에서 바라는 것 중에 '다시 가기 편한 곳'이 있으므로, 역시 회전 초밥도 최고라고 생각합니다. 그리고 동네 중화 요리점 같은 곳도 말이죠. 저는 예전에 카마타에서 산 적이 있는데, 그곳은 동네 중화 요리점의 천국이었습니다.

　좋은 집안 아가씨들도 기분에 맞춰 다양한 가게를 다닐지도 모릅니다.

　히나코는 B급 구르메에 빠질 것 같습니다. 한번 마음에 드는 가게를 찾으면 이츠키에게 시켜서 몰래 데려가게 할지도 모르겠네요……. 텐노지 양은 탐구심이 강해서 어떤 가게라도 가 줄 것 같지만, 우아하게 행동하는 자신도 소중히 여기므로 너무 흐트러지는 곳은 다시 찾아가지 않을 것 같습니다. 굳이 말하자면 좋아하는 특정 음식을 찾아내고, 다양한 가게에서 그 메뉴를 찾아다니는 타입일지도 모릅니다. 나리카는 뭐든지 맛있다고 할 겁니다.

　아가씨들의 식사 모임도, 다른 데서 꼭 써 보고 싶습니다.

(생활력 없음)
~영애들이 다니는 명문 학교에서 제일가는 **아가씨**를 남몰래 돕는 시중 담당이 되었습니다~ 2

【감사 인사】

이 작품을 집필하면서, 편집부와 교열교정 등 관계자 여러분께 큰 도움을 받았습니다. 내용과 관련한 여러 조언과 진척 관리까지, 하나부터 열까지 전부 고맙습니다. 미와베 사쿠라 선생님, 이번에도 멋진 일러스트를 작성해 주셔서 감사합니다. 우아한 텐노지 양, 조금 소침해진 텐노지 양, 들뜬 텐노지 양, 변장해서 머리를 풀어 내린 텐노지 양. 한 캐릭터를 여러 각도에서 매력적으로 그려 주셔서 고맙습니다.

마지막으로, 이 책을 골라 주신 독자 여러분께, 가장 큰 감사를 바칩니다.

아가씨 돌보기 2
영애들이 다니는 명문 학교에서 제일가는 아가씨(생활력 없음)를 남몰래 돕는 시중 담당이 되었습니다.

2022년 05월 25일 제1판 인쇄
2022년 06월 01일 제1판 발행

지음 사카이시 유사쿠 | 일러스트 미와베 사쿠라

옮김 JYH

발행 영상출판미디어(주)
등록번호 제 2002-000003호
주소 21315 인천광역시 부평구 부평대로 283 A동 702호
전화 032-505-2973(代) | **FAX** 032-505-2982

ISBN 979-11-380-1402-1
ISBN 979-11-380-0898-3 (세트)

才女のお世話 2
高嶺の花だらけな名門校で、学院一のお嬢様（生活能力皆無）を
陰ながらお世話することになりました
ⓒ Yusaku Sakaishi
Originally published in Japan by HOBBY JAPAN Co., Ltd.

구매 시 파손된 도서는 구매처에서 교환하실 수 있습니다.
기타 불편사항, 문의사항이 있으신 독자님께서는 노블엔진 홈페이지 [http://novelengine.com] 에서
Q&A 게시판을 이용해 주시기 바랍니다.

노블엔진(NOVEL ENGINE)은 영상출판미디어(주)의 라이트노벨 및 관련서적 브랜드입니다.

어느 날 갑자기 소꿉친구의 '속마음'이 들리기 시작했습니다?
새침데기 소꿉친구가 귀엽게 '들리는' 이야기, 스타트!

언제나 쌀쌀맞게 구는 소꿉친구지만 나를 짝사랑하는 속마음이 다 들려서 귀여워

1~2

《오늘이야말로 코우에게 고백하는 거야!》

딱히 인기가 많은 것도 아닌 남고생 니타케 코우타에게 느닷없이 들리게 된 목소리. 그건 언제나 코우타에게 쌀쌀맞은 태도를 보이는 소꿉친구 유메미가사키 아야노의 속마음이었다! 아야노가 자신에게 홀딱 빠졌다는 것을 전혀 몰랐던 코우타였지만——.

《사실은 코우가 말을 걸었으면 했어……》

느닷없이 훤히 들리게 된 '속마음'에 아야노를 의식하기 시작한 코우타.
그러나 '속마음'의 뜻밖의 부작용을 알게 되는데——?!

로쿠마스 로쿠로타 지음 | bun150 일러스트 | 2022년 6월 제2권 출간
청춘의 상상, 시동을 걸어라!

옆집 천사님 때문에 어느샌가 인간적으로 타락한 사연

1~5

애니메이션 제작 결정!

후지미야 아마네가 사는 맨션 옆집에는 학교 제일의 미소녀인 시이나 마히루가 살고 있다. 두 사람은 딱히 이렇다 할 접점이 없지만, 비가 오는 날 흠뻑 젖은 시이나 마히루에게 우산을 빌려준 것을 계기로 기묘한 교류가 시작되었다.

혼자서 너저분하게 대충대충 사는 아마네를 차마 보다 못해, 밥을 차려 주거나 방을 청소해 주는 등 이것저것 챙겨 주는 마히루.

가족의 정을 그리워하면서 점차 다정한 모습을 보이기 시작하는 마히루. 그러나 그 호의를 알면서도 자신감이 없는 아마네. 두 사람은 자신의 마음에 솔직하게 굴지 못하면서도 조금씩 서로의 거리를 좁혀 나가는데…….

 사에키상 지음 | 하네코토 일러스트 | 2022년 4월 제5권 출간
청춘의 상상, 시동을 걸어라!